어머니들의 숨겨진 이야기노래

금지된 욕망을 노래하다

서 영 숙

섬진강 어귀 은빛 물결 감도는 숨은 고을에서 태어나
어머니가 들려주던 흥글소리의 애잔한 기억에 이끌려
오랜 시간 어머니들의 숨겨진 노래를 조사하고 연구해 왔다.
시집살이 노래에서 시작해 한국 여성가사, 한국 서사민요로,
그리고 영미, 유럽 어머니들의 노래인 발라드와의 비교로,
연구의 기반을 다지고 영역을 넓혀가고 있다.
현재 한남대학교 국어교육과에서
우리 노래문학을 어떻게 수용하고 재창조할지
학생들과 함께 이야기하며 미래 세대의 노래를 준비한다.
그 결실로 『시집살이노래 연구』, 『우리 민요의 세계』,
『한국 서사민요의 날실과 씨실』 등을 출간하였고,
앞으로 한국을 넘어 세계 어머니들의 숨겨진 이야기노래로,
그녀들의 슬프고도 아름다운 꿈을 펼쳐나가려 한다.

어머니들의 숨겨진 이야기노래
금지된 욕망을 노래하다

초판 인쇄 2017년 1월 20일
초판 발행 2017년 1월 25일

지은이 서영숙 ▮ **펴낸이** 박찬익 ▮ **편집장** 권이준 ▮ **책임편집** 강지영
펴낸곳 ㈜ **박이정** ▮ **주소** 서울시 동대문구 천호대로 16가길 4
전화 02) 922-1192~3 ▮ **팩스** 02) 928-4683 ▮ **홈페이지** www.pjbook.com
이메일 pijbook@naver.com   **등록** 2014년 8월 22일 제305-2014-000028호

ISBN 979-11-5848-278-7 (03810)

*책값은 뒤표지에 있습니다.

금지된 욕망을 노래하다

어머니들의 숨겨진
이야기노래

서영숙 지음

(주)박이정

일러두기

1. 이 책은 시전문계간지『딩하돌하』의 '우리 민요 산책'과 여러 학술지에 수록했던 필자의 평론이나 논문들을 좀 더 많은 독자들과 만나기 위해 쉽게 풀어쓴 것이다. 글에 도움을 준 주요 자료집과 선행 연구는 참고 문헌으로 대신한다.

2. 노래 자료들은 필자가 직접 조사해 수록한『한국 서사민요의 날실과 씨실: 우리 어머니들의 노래』자료편과『한국구비문학대계』,『한국민요대전』등의 자료집에서 추출하고, 되도록 원문 그대로 표기하되 난해한 어구의 뜻은 (　) 안에 밝힌다. 출처는 조사된 지역과 자료번호, 수록문헌을 통해 확인할 수 있도록 한다.

첫머리에

2016년 10월, 밥 딜런(Bob Dylan)의 뜻하지 않은 노벨 문학상 수상 소식에 가슴이 뛰었다. 그를 노벨문학상 수상자로 지정한 이유는 "미국의 위대한 노래 전통 속에서 새로운 시적 표현을 창조해냈기 때문(for having created new poetic expressions within the great American song tradition.)"이라고 한다. 노랫말이 어떤 문학작품보다도 더 훌륭할 수 있음을, 그리고 구비 전승되어온 노래 전통의 위대함을 인정한 발상이, 문학을 민중에게서 분리시켜 고급화하고 전문화했던 근대의 폭력에 맞선 혁신적 결단이라 박수를 보낸다. 어쩌면 그 수상은 밥 딜런이 아니라, 그에게 시적 원천과 영감을 제공했던 수많은 민중들에게 돌아가야 할 것인지도 모른다.

물론 우리에게도 그러한 "위대한 노래의 전통(The great song tradition)"이 있다. 그것은 바로 우리 민중들이 신과 자연에 기원하며, 일을 하며, 놀이를 하며, 때로는 혼자서, 때로는 여럿이 소리를 모아 부르던 노래들이다. 그중에서도 어머니들이 일을 하면서 낮은 목소리로 부르던 노래들은 누구나 함부로 들을 수 없는, 그녀들만의 숨겨진 노래이다. 그녀들은 자신들만의 일터에서 행여 누가 들을세라 은밀하게 노래를 불러왔다. 필자가 그녀들의 숨겨진 노래를 들을 수 있었던 것은 순전히 그녀들과 같은 '여자'로서, 그녀들의 아픔과 욕망을 함께 느낄 수 있었기 때문일 것이다.

이 책에서 살펴본 노래들은 이들 어머니들의 노래 중에서 긴 이야기로 이루어져 있는 서사민요 – 이야기노래들이다. 〈아리랑〉이나 〈창부타령〉 같은 짧은 노래는 비교적 많이 알려져 있고 쉽게 들을 수 있지만, 〈만딸애기 노래〉, 〈서답개 노래〉, 〈조리장수 노래〉, 〈나라맥이 노래〉와 같은 긴 이야기노래는 우리나라에 그런 노래가 있는지조차 아는 이 드물고 쉽게 들을 수 없다.

용기 내어 구애했지만 거절당하자 장가가는 첫날밤에 급살 맞아 죽으라고 총각을 저주하는 처녀의 〈만딸애기 노래〉, 월경대를 빨기 위해 한밤중에 빨래터에 나갔다가 만난 총각이 상사병으로 죽자 평생 수절하며 살아야 했던 처자의 〈서답개 노래〉, 하룻밤 자고 간 장수가 그리워 잠 못 이루는 과부의 〈조리장수 노래〉, 전쟁에 나가 죽었다고 편지를 보낸 남편을 찾아 전장으로 떠나는 아내의 〈나라맥이 노래〉 등…

이들 이야기노래에는 현대에 사는 우리네들조차 상상하기 어려운 과감하고 대담한 이야기들이 담겨있다. 어머니들은 이들 노래 속 이야기를 통해 현실 속에서 감히 드러낼 수 없었던 욕망을 노래했다. 마음 속 깊이 담아두었던 어긋난 사랑과 평생을 함께할 남편에 대한 기대와 욕망, 남의 집 며느리로 살아야했던 시집살이의 설움과 고통에서 벗어나고픈 욕망, 순결 순종 정숙 등 여자에게 강요되던 수많은 규범과 이념에서 일탈하고픈 욕망… 여자들이 이들 욕망을 겉으로 드러낸다는 것은 금지돼 있었고, 이들 노래를 큰소리로 부르는 것조차 금지돼 있었다.

하지만 어머니들은 이들 숨겨진 이야기노래들을 밤새 홀로 베를 짜면서, 뙤약볕 밑에서 땀을 훔치며 밭을 매면서, 칭얼대는 아기를 토닥이면서, 등잔불 아래 꾸벅이며 옷을 꿰매면서 흥글흥글 나지막하게 부르기도 했고, 때로는 그녀들만의 두레 터에서 일감을 밀어놓고 물장구를 철퍽철퍽 두들기며 신명나게 부르기도 했다. 이들 이야기노래를 부르는 것 자체가 그녀들에겐 곧, 자신들에게 부과된 금기를 깨고 금지된 욕망을 드러내는 일탈과 해방의 행위였다.

이 책은 어머니들의 이야기노래에 숨겨진 욕망을 다음과 같이 셋으로 나누어 읽는다.

하나, 은밀하고 위대한 사랑을 꿈꾸며…

예전 어머니들의 시대에는 마음 놓고 총각과 처녀가 만나기도 어려웠을 뿐더러, 설령 마음에 맞는 이가 생겼다 할지라도 서로 사랑을 고백하고 혼인에 이르는 것은 거의 불가능했다. 처녀와 총각의 어긋난 사랑으로 인한 비극〈맏딸애기 노래〉, 일찍 남편을 여읜 과부의 성 〈조리장수 노래〉, 월경 서답을 빨러 나온 처자를 사모하여 죽게 된 총각 〈서답개 노래〉, 댕기와 주머니를 통해 주고받은 은밀하고 위대한 구애 〈댕기 노래〉와 〈줌치 노래〉, 시골 할머니와 도시 여대생이 한목소리로 부른, 한 서린 아내의 죽음 〈진주낭군가〉는 이런 현실 속에서 어머니들이 꿈꿔온 은밀하고 위대한 사랑을 보여준다.

둘, 시집살이의 굴레를 벗어던지고…

이 땅의 예전 어머니들에겐 편안하고 즐거운 '나의 집'은 없었고 오직 '친정'과 '시집'만 있을 뿐이었다. 친정에서는 '출가외인'으로, 시집에서는 '며느리'로, 그 어느 곳에도 완전히 귀속될 수 없는 주변인으로 살아야했다. 근친 온 사촌형님에게 정성어린 음식을 대접하고 시집살이의 고통을 함께 나누는 〈사촌형님 노래〉, 친정부모에게 인사도 않고 지나쳐온 남편에 대한 항의로 가문보다 소중한 자존감을 보여준 〈경상감사 사위노래〉, 친정어머니의 부고에도 시집 일을 하느라 늦게 간 장례에서 오빠들에게 꾸지람을 받으면서도 딸의 몫을 하고 돌아오는 〈친정부고 노래〉, 말을 참고 살다 벙어리라 쫓겨나고 대를 이을 자식을 낳지 못해 쫓겨날 위기에 처한 며느리들의 시집살이에 대한 알레고리 〈꿩 노래〉와 〈방아깨비 노래〉, 시집식구들의 갖은 학대와 구박을 견디지 못해 머리를 깎고 나간 〈중이 된 며느리 노래〉는 시집살이의 굴레를 벗어던지고 '사람살이'를 하고자 한 어머니들의 저항을 드러낸다.

셋, 억압을 넘어선 새 세상을 노래하다.

예전 어머니들은 자기 자신보다는 친정식구, 자식, 남편, 그리고 시집식구들을 위해 살아야했으며, 내가 아닌 '그들'의 사회에서 그들이 만든 규범과 이념에 맞추어 살아야했다. 딸이, 아내가, 며느리가 자신의 목소리를 내는 것은 금기시되었고 자유로운 본성을 드러내고자하는 욕망은 억압되었다. '순결'을 더럽혔다고 덮씌워진 모욕감에 자살하는 〈쌍가락지 노래〉, 남편의 첩을 죽이려고 찾아갔다가 첩의 깍듯한 대우에 차마 그러지 못하고 돌아서는 〈첩집방문 노래〉, 어린아이들을 남겨두고 저승차사에게 끌려가게 되자 죽음을 넘어서고자 했던 〈애운애기 노래〉, 계모의 모함을 곧이듣고 아이들을 죽인 아버지에 대한 경계를 담은 〈계모 노래〉, 평범한 남자의 전쟁에 대한 공포와 소외감을 아내의 사랑으로 보듬은 〈나라맥이 노래〉는 이 사회에서 약자에게 가해지는 부당한 억압을 넘어선 새 세상을 노래한다.

오랫동안 필자는 어머니들의 숨겨진 이야기노래를 찾아 어머니들과 함께 한숨짓고, 함께 눈물 흘리며, 함께 웃었다. 이야기노래 속에는 어머니들이 삶 속에서 겪고 느끼는 절망과 희망, 금기와 욕망이 함께 담겨 있다. 오늘 이 시간 어머니들의 이야기노래에 다시 귀 기울이는 것은, 여전히 우리네 삶

속에 드리워진 절망을 거둬내고 새로운 희망을 긷기 위해서이다. 이제는 거의 사라져 듣기 어려운, 어머니들의 금지된 욕망의 노래가 '지금', '여기', '우리'들의 노래가 되어 자유롭게 훨훨 날아오르게 하기 위해서이다.

책을 아담하게 엮어주신 도서출판 박이정의 박찬익 사장님, 권이준 편집장님, 강지영 팀장님을 비롯한 여러 편집부 선생님들께 감사드린다. 또한『서사민요 연구』를 통해 이야기노래 연구로 평생 학문의 길을 이끌어주신 조동일 선생님께, 일일이 각주를 달지는 못했지만 선행 연구로 깨달음의 기회를 주신 여러 선생님들께도 감사드린다. 물론 이들 이야기노래를 불러주신 수많은 어머니들, 이들 노래를 조사해『한국구비문학대계』,『한국민요대전』을 비롯한 여러 자료집에 수록해주신 민요조사자, 연구자 선생님들의 노고가 없었던들 이 책이 나오지 못했을 터, 그 모든 분께 깊이 감사드린다.

2017년 정월 새날을 맞으며
서영숙

차례

첫머리에_5

하나,
은밀하고 위대한 사랑을 꿈꾸며......

둘,
시집살이의 굴레를 벗어던지고......

셋,
억압을 넘어선 새 세상을 노래하다

하나,

은밀하고 위대한 사랑을
꿈꾸며......

맏딸애기 노래
: 어긋난 사랑의 비극

김선달네 맏딸애기 하잘났다 소문듣고
한번보니 못볼래라 두번가도 못볼래라
삼시번을 거듭가니 물명지 고두처매
허리잘룩 잘라입고(잡아매어 입고)
일천비단 겹저고리 어깨잘룩 잘라입고
구름겉은 흔턴머리 용호얼빗 얼리빗고(얼른 빗고)
궁초댕기 끝마무리 어깨너메 넘기놓고
서른시칸 대문밖에 허리잘룩 걸앉어서
저게가는 저선부는 활선분가 글선분가
이내방에 하리밤만 둘러가소
말씀이사 좋구마는
한살묵어 엄마죽고 두살묵어 아바죽고
저슬게는(겨울에는) 언밥먹고 여름에는 쉰밥먹고
악을악을 배운글로 일시인들 잊을소냐

하리밤만(하룻밤만) 자고가소

["그래 마 가 뺏다(가 버렸다)"]

가고나니 가고나니 저게가는 조자석은

장개라꼬 가거들랑 한고개를 넘거들랑

질밑에 우던여수(여우) 질우로 진동하고

또한고개 넘가들랑 말다리가 부러지소

또한고개 넘거들랑 가매채가 부러지고

정방에라 들어서야 초례상을 받거들랑

열두접시 엎어지고

예청에라 들거들랑 사모관대 부러지소

큰상이라 받거들랑 은제놋제(은수저 놋수저) 부러지고

첫날밤을 자거들랑 겉머리야 속머리야 속속들이 아파주소

—울주군 상북면 2, 『한국구비문학대계』 8–13

1

어긋난 사랑의 비극
〈맏딸애기 노래〉

맏딸애기의 치명적 구애

오래된 유행가 중에 〈최진사댁 셋째딸〉이라는 노래가 있다.

"건넛마을에 최진사댁에 딸이 셋 있는데 / 그중에서도 셋째따님이 제일
예쁘다던데 / 아따 그양반 호랑이라고 소문이 나서 / 먹쇠도 얼굴한번 밤
쇠도 얼굴한번 못봤다나요"

가락도 흥겹거니와 노래 속 총각이 이끌어가는 이야기가 흥미로워서 어린
아이들도 목청을 높여가며 따라 부르곤 했다. 말도 고하지 못한 채 볼기만
맞고 쫓겨난 먹쇠를 보고도 총각은 최진사댁 대문을 박차고 들어가 "요즘 보
기 드문 사윗감 왔노라"고 고함으로써 셋째 딸을 얻게 된다는 해피엔딩은 마

치 노래를 부르는 사람 자신이 이룬 쾌거인 양 신명이 났다. 노래 속 셋째 딸은 모든 남자아이들의, 노래 속 총각은 모든 여자아이들의 선망의 대상이 되었다.

가수들이 부르는 음반이 나오기 이전 우리네 어머니들도 이와 비슷한 노래를 즐겨 불렀다. 끊임없이 계속되는 일의 고단함과 지루함을 달래기 위해, 가난과 구박으로 인한 설움을 잊기 위해 노래를 불렀다. 그중에 〈최진사댁 셋째딸〉과 같이 처녀와 총각의 사랑과 혼인에 얽힌 이야기를 담고 있는 노래가 있다. 바로 〈맏딸애기 노래〉이다. 어떤 이는 〈청춘과부가〉라고도 한다. 같은 노래인데도 부르는 사람마다 제목도 다르고 노랫말도 다른 것이 민요의 특성이다. 노래 속 주인공의 집안 이름 역시 부르는 사람에 따라 '김선달네' 또는 '최선달네'라고 하기도 하고, '이사원네' 또는 '김생원네'라고도 한다. 그저 '아무개 선비네 맏딸애기'에 대한 노래인 셈이다. 그런데 〈최진사댁 셋째딸〉이 총각과 셋째딸의 구애와 혼인이라는 단순한 스토리와 행복한 결말로 이루어졌다면, 〈맏딸애기 노래〉는 매우 복잡한 스토리와 비극적 결말로 이루어져 있다.

〈맏딸애기 노래〉는 부르는 사람에 따라 조금씩 차이가 있지만, 대체로 다음과 같은 공통적인 줄거리를 지니고 있다.

가) 한 총각이 예쁘다고 소문난 맏딸애기를 여러 번 찾아갔으나 번번이 거절당한다.
나) 총각이 여러 번 찾아간 끝에 예쁘게 치장한 맏딸애기를 만난다.
다) 맏딸애기가 자고가라고 하나 총각이 거절하고 나오자 맏딸애기가 저주한다.
라) 맏딸애기의 저주가 실현돼 총각이 장가간 첫날밤에 죽는다.

마) 신부가 시댁에 가서 처자과부로 산다.

각편에 따라서는 맏딸애기 집 앞에 신랑의 상여가 멈춰 맏딸애기가 속적삼을 덮어주자 움직이는 내용이 덧붙기도 한다. 정해진 대본 없이 입에서 입으로 전해져 내려왔기에 얼개만 같을 뿐 모든 각편은 부를 때마다 매번 새로운 작품으로 태어난다.

경북 울주군의 이용순 어머니(당시 72세)가 부른 〈맏딸애기 노래〉는 다음과 같이 시작된다. 이 노래는 정상박 교수가 울주군 상북면에서 1984년에 조사한 것으로 『한국구비문학대계』 8-13에 실려 있고 한국학중앙연구원 홈페이지에서 음원도 들을 수 있다. 옛 노래는 입말로 전해져 내려왔기 때문에 입말 그대로 적는다. 소리 내어 읊조려야 제 뜻을 쉽게 알아차릴 수 있다. 좀 이해하기 힘들다 싶은 말은 괄호 안에 풀이한다.

> 김선달네 맏딸애기 하잘났다 소문듣고
> 한번보니 못볼레라 두번가도 못볼레라
> 삼시번을 거듭가니
> 물명지(물명주) 고두처매 허리잘룩 잘라입고
> 일천비단 접저고리 어깨잘룩 잘라입고
> 구름겉은 흔턴머리(헝큰 머리) 용호얼빗 얼리빗고(얼레빗으로 곱게빗고)
> 궁초댕기 끝마무리 어깨너메 넘기놓고(궁초댕기 땋은머리 어깨너머 넘겨놓고)
> 서른시칸 대문밖에 허리잘룩 걸앉어서
> 저게가는 저선부는 활선분가 글선분가(활선비인가 글선비인가)
> 이내방에 하리밤만(하룻밤만) 들러가소
> 말씀이사 좋구마는

한살묵어 엄마죽고 두살묵어 아바죽고
겨슬게는(겨울에는) 언밥먹고 여름에는 쉰밥먹고
악을악을(독한 마음으로) 배운글로 일시인들 잊을소냐
하리밤만 자고가소["그래 마 가 뺐다"] ("그래 마 가 버렸다")

−울주군 상북면 2, 『한국구비문학대계』 8−13

　노래의 주인공은 맏딸애기와 총각이다. 맏딸애기가 얼마나 곱고 예뻤는지 장안에 소문이 파다했다. 총각은 맏딸애기를 보기위해 수차례 찾아가지만 번번이 거절당한다. 삼세번을 찾아간 뒤에야 드디어 맏딸애기가 곱게 치장하고 나타난다. 물명주 치마, 비단 겹저고리를 맵시 있게 차려입고, 구름 같은 머리를 얼레빗으로 곱게 빗고, 궁초댕기로 땋은 머리를 어깨너머로 넘겨 놓은 모습은 눈부시게 아름다웠다. 맏딸애기의 치장은 아직 혼인하지 않은 여자들의 성적 욕망이 간접적으로 표현된 것이라 할 수 있다.

　맏딸애기는 서른세 칸 대문밖에 허리 잘록하게 걸터앉아서 삼세번 째 찾아왔다 돌아가려고 하는 총각에게 말을 건넨다.

　　"저기가는 저선비는 활선비인가 글선비인가
　　이내방에 하룻밤만 들러가소."

−울주군 상북면 2, 『한국구비문학대계』 8−13

　활 선비는 무인이고, 글 선비는 문인이다. 그냥 지나쳐가지 말고 자기 방에 하룻밤만 들러 가라고 파격적인 제안을 한다. 전통 사회에서 여자가 남자에게 먼저, 그것도 부모 허락도 받지 않은 채 구애를 한다는 것은 거의 불가능한 일이다. 그러기에 맏딸애기의 제안은 당대로 보아서는 대단한 용기와 각

오를 필요로 했을 것이다. 하지만 여기에서 예기치 않은 반전이 일어난다. 그렇게 힘들게 삼세번을 찾아가 놓고서도 정작 맏딸애기가 마음을 열자 총각은 오히려 매몰차게 돌아선다. 자신이 어려서 부모를 여읜 뒤 "겨울에는 언 밥먹고 여름에는 쉰밥먹으며" 악을 먹고 공부했음을 강조하면서 그렇게 쌓은 공업을 하루 만에 무너뜨릴 수 없다고 거절한다.

그런데 왜 이와 같은 일이 벌어졌을까. 노래는 전후 사정을 자세히 설명하지 않는다. 단지 겉으로 일어난 사건만을 담담하게 전할 뿐이다. 전후 맥락으로 짐작해 볼 때, 맏딸애기와 총각의 사랑은 집안 간에 허락되지 않은 사랑인 듯하다. 총각은 맏딸애기를 마음에 두고 수차례 찾아갔지만, 맏딸애기 집안의 허락은 받아낼 수 없었고, 그러는 사이에 총각은 다른 집안 처녀와 정혼이 되고 말았다. 총각이 맏딸애기의 얼굴을 먼발치라도 볼 수 있을까 하고 마지막으로 찾아간 날에야, 공교롭게도 맏딸애기는 총각에게 마음을 열었다. 허락되지 않은 한 남녀의 어긋난 사랑은 그들의 앞길에 어두운 그림자를 드리우기 시작했다.

사랑을 저버린 남자에 대한 저주와 실현

맏딸애기는 자신의 어려운 구애를 듣고서도 공부를 핑계 대며 돌아선 총각의 등 뒤에 저주를 퍼붓는다. 총각이 다른 처녀에게 장가가는 길에 불길한 일들이 연달아 벌어지고, 종국에는 첫날밤에 병이 나라고 저주를 한다.

저게가는 조자석은 장개라꼬 가거들랑

한고개를 넘거들랑

질밑에 우던여수(울던 여우) 질우로(길 위로) 진동하고

또한고개 넘가들랑 말다리가 부러지소

또한고개 넘거들랑 가매채가 부러지고

정방에라 들어서야 초례상을 받거들랑 열두접시 엎어지고

예청에라 들거들랑 사모관대 부러지소

큰상이라 받거들랑 은제놋제(은수저 놋수저) 부러지고

첫날밤을 자거들랑 겉머리야 속머리야 속속들이 아파주소

—울주군 상북면 2, 『한국구비문학대계』 8–13

　자기를 버리고 가는 임에 대해 "십리도 못가서 발병나라"는 〈아리랑〉의 저주를 연상시킨다. 〈진달래꽃〉의 "영변에 약산 진달래꽃 / 아름따다 가실 길에 뿌리우리다 / 가시는 걸음걸음 놓인 그꽃을 / 사뿐히 즈려밟고 가시옵소서"는 남자들의 로망일 뿐이다. 한을 품은 맏딸애기의 저주는 무섭게도 들어맞는다. "여자가 한을 품으면 오뉴월에도 서리가 내린다."고 하지 않던가. 언어의 주술적 효능을 절감케 하는 대목이다. 총각이 부모 영을 이기지 못해 다른 혼처 자리로 억지 장가를 가는 길에 맏딸애기가 저주한 대로 여우가 길 위로 올라와 울고 말다리가 부러지며, 가마채가 부서지고 초례상의 열두 접시가 엎어지며, 신랑의 사모관대와 큰상의 은수저 놋수저가 부러지더니 결국 첫날밤 잠자리에서 신랑은 겉머리 속머리가 속속들이 아파온다.

　이러구로 집에가여 부모영을 못끌어서(못이겨서)

　장개라고 채리가니

한질밑에 우던여수(한길 밑에 울던 여우) 질우로 진동한다

뒤에오신 아부님요 이내말쌈 들어보소

장개 안갈라하니 장개가라 하시더니 이런변이 닥칩니다

그러구로 첫날밤에 들어서여

겉머리야 속머리야 속속들이 아파가서

—울주군 상북면 2, 『한국구비문학대계』 8–13

신랑은 병풍너머 앉아있는 신부에게 자신의 도복을 벗겨 횃대 끝에다 걸어 달라고 부탁을 한다. 하지만 신부는 "언제봤던 손님이라 그몸에다 손을 대노"라며 몰인정하게 거절한다. 여기에서 '맏딸애기 – 총각(신랑) – 신부' 간의 삼각 구도가 형성된다. 맏딸애기와 총각(신랑)이 부모의 허락 없이 맺어진 만남이라면, 신랑과 신부는 부모의 영에 의해 맺어진 만남이다. 맏딸애기가 총각(신랑)에게 자고가라며 적극적인 태도를 보이는 것과는 다르게, 신부는 앓아누운 총각(신랑)의 도포를 벗기는 것조차 거부한다.

병풍너메 앉인임이 날봐라고 앉았거든

이내도복 벗기가주(벗겨가주) 처마골에 걸어주소

얼싸절싸 얄궂어라 언제봤던 손님이라 그몸에다 손을대노

병풍네메 앉인손님 나를바래 앉았거든

객고 한바가치 물리주소(객귀 한바가지 물려주소)

아이년아 칼가놔라(칼 가져와라) 종년아 물가놔라(물 가져와라)

챙이끝에 된밥이라(키 끝에 놓은 된밥이라) 얼싸절싸 물리도요

언제나가 호숨이 까딱 넘어가가

설흔서이 상대꾼아(서른 세명 상두꾼아) 고이고이 미어다가(매어다가)

김선달네 맏딸애기 날고들고 하던곳에 묻어주소

-울주군 상북면 2, 『한국구비문학대계』 8-13

　　결국 신랑은 자신을 "김선달네 맏딸애기 날고들고 하던곳에 묻어주소"라는 말을 남기고 숨을 거둔다. 부모의 영에 의해 다른 처녀에게로 장가를 가야했지만 정작 마음에 둔 처녀는 맏딸애기 처녀였음을 짐작할 수 있다. 신부가 신랑의 부탁을 빨리 받아들였다면 신랑이 죽지 않았을지도 모를 일이다. 하지만 신부의 뒤늦은 객귀물림은 맏딸애기의 저주를 풀지 못한 채 신랑을 잃고 만다. 신부에게 역시 신랑은 자신의 뜻과는 상관없이 맺어진 생면부지의 낯설고 두려운 존재였기 때문이다.

　　예전 어머니들이 혼례를 치른 후 한참 동안이나 신랑 곁에서 자지 못했다는 이야기를 흔히 하는데, 이는 노래 속 사정과 결코 다르지 않다. 어쩌면 그 어머니들은 낯선 남자에게 시집가야했던 신부 자신이면서, 다른 한편으로 마음에 품은 이를 다른 여자에게 보내야했던 맏딸애기 자신이기도 했을 것이다. 맏딸애기와 총각(신랑), 신부의 어긋난 사랑은 결국 신랑의 죽음이라는 비극을 낳게 되며, 이는 그리 오래되지 않은 우리 어머니들의 비극적 현실을 그대로 보여준다.

청상과부로 수절해야 하는 삶

　　어긋난 사랑의 비극은 신랑의 죽음으로만 끝나지 않는다. 혼인 첫날밤 영문을 모른 채 신랑의 죽음을 맞은 신부도, 화가 나 내뱉은 말이 실현되어 한 남자를 죽음에 이르게 한 맏딸애기도 모두 평생 그 멍에를 지고 살아야 했다. 신부는 남편도 없는 시가에서 수절하며 살아야했고, 맏딸애기 역시 한 남자를 죽게 한 원망을 받으며 순탄치 않은 삶을 살아야했을 것이다. 〈맏딸애기 노래〉의 결말 부분은 이러한 여성들의 삶을 그대로 보여준다.

앞에서 제시한 이용순 어머니의 노래에서는 신부가 시가에 갔다가 중이 되어 나가는 내용으로 끝나나, 대부분의 노래에서는 신부가 시가에서 평생 수절하며 살아야하는 자신의 처지를 한탄하는 내용으로 끝나기도 하고 신랑의 상여가 맏딸애기 집 앞에 다다라 움직이지 않자 맏딸애기가 나와 속적삼을 덮어주니 그제야 움직여 떠나갔다는 내용이 덧붙기도 한다. 속적삼을 덮어주는 행위는 일종의 '모의 성행위'이며, 이 행위를 통해 맏딸애기 역시 온전하게 혼인할 수 없는 여자로 낙인이 찍힌다. 황진이의 설화에 나오는 에피소드가 노래 속에도 나오는 것이다.

김해시 상동면의 김순이 어머니(당시 66세)가 1982년에 부른 〈맏딸애기 노래〉에는 이 두 여자의 기구한 삶의 시작이 함께 제시된다.

그러구로 숨이 떨어지고 나니 하는말이
삼단같은 이내머리 언제봤다 하옵시고 끝끝치도 푸라하요.
언제봤다 하옵시고 꽃댁이(꽃신)를 나였두고(놔 두고)
고무신이 다한말가?
언제봤다 하옵시고 공단비단 나였두고
지새옷(상복)이 다한말가?
언제봤다 하옵시고 꽃가매를 나였두고
흰성(흰가마)타기 왼말이요.
나서거라 나서거라 행상뒤에 나서거라

흰성타고 따라간다

행상꾼이 발을맞차 가는구나.

김선달네 맏딸애기 서쩍걸로 지내치니

행상꾼이 발이붙어 떨어지지 아니하네.

나서거라 나서거라 김선달네 맏딸아가 어서배삐 나서거라

김선달네 맏딸애기 나서면서

속적삼 벗어들고 행상끝에 허리끈푸는구나

떨어지소 떨어지소 숨내맡고 떨어지소.

떨어지소 떨어지소 땀내맡고 떨어지소.

행상꾼이 발이 떨어져서 행상을 메고가니

김선달네 맏딸아가 흰성타고 따리가거라

-김해시 상동면 14, 『한국구비문학대계』 8-9

신랑의 숨이 끊어지자 신부는 상복 차림을 하라는 친정부모의 말에 거듭거
듭 탄식을 한다.

언제봤다 하옵시고 삼단같은 이내머리 끝끝치도 푸라하요.

언제봤다 하옵시고 꽃댁이(꽃신)를 나였두고(놔 두고)

고무신이 다한말가?

언제봤다 하옵시고 공단비단 나였두고

지새옷(상복)이 다한말가?

언제봤다 하옵시고 꽃가매를 나였두고

흰성(흰가마)타기 왼말이요.

-김해시 상동면 14, 『한국구비문학대계』 8-9

혼례를 위해 준비한 꽃신과 비단옷과 꽃가마를 놔두고 머리를 풀고 상복을 입고 흰 가마를 타라고 내모는 친정부모가 원망스럽다. 신랑이란 사람은 본 적조차 없지 않은가. 더욱이 신랑 상여를 따라가는 길에 상여는 웬 여자의 집 앞에 떡하니 달라붙어 움직이지 않기조차 한다. 그야말로 가슴이 미어지는 일이다.

결국 그 맏딸애기마저 흰 가마를 타고 따라 나서서야 상여가 움직인다. 한 남자의 죽음에 두 여자 모두 흰 가마를 타고 따라가 평생 '청춘과수'로 살 수밖에 없게 된 것이다. 남편도 없이 살아야하는 시집살이, 그것도 첩까지 있는 시집살이가 얼마나 가슴 쓰리고 고된 삶일지 상상이나 되는가. 물론 이는 첩의 삶을 살아야하는 맏딸애기의 처지도 마찬가지다. 제대로 된 혼례도 치러보지 못한 채 하루아침에 남편 없는 집의 첩살이를 하게 된 여자의 삶은 또 어떠하겠는가.

〈맏딸애기 노래〉는 어긋난 사랑의 비극을 노래한다. 맘에 둔 남자를 떠나보내야 했던 맏딸애기도, 맘에 없는 남자와 혼인해야 했던 신부도, 맘에 없는 여자와 혼인해야 했던 신랑도, 이 노래에는 그 누구도 행복하지 않다. 자신들의 의사와는 상관없이 단지 '부모 영'에 의해 혼인해야 했던 예전 우리네 어머니, 그리고 혼례를 올렸다는 것만으로, 상여에 속적삼을 덮어주었다는 것만으로, 죽은 남자의 영원한 반려가 되어 일평생 수절을 강요당했던 예전 수많은 그네들의 설움이 노래를 통해 실타래처럼 끝도 없이 풀려나온다.

'새애기'로서의 행복을 꿈꾸며

젊어서 남편을 잃은 여자는 '청상과부(靑孀寡婦)', '청춘과수'로 불렸다. 남편을 따라 죽지 않았다고 해서 미망인(未亡人)이라고도 불렸다. 어떤 이름이든, 남편 없는 여자는 마땅히 죽어야 하는데 살고 있는, 모자라고 부족한 존재로 취급받는다. 심지어 팔자가 사나워 남편을 죽게 한 여자로 매도되기도 한다. 신부는 동네 어르신들을 모셔놓고 입을 연다.

> 저그집을 돌아와서 동해명태 한테 뜯어놓고
> 술한통 받아놓고 동네방네 사람 모아놓고
> 동네방네 어르신네 이내이름 짓거들랑
> 청춘과수 짓지말고 새애기라 지어주소
>
> —김해시 상동면 14, 『한국구비문학대계』 8-9

어디 갓 시집간 또는 시집온 여자가 동네 어르신들 앞에서 입을 열 수 있으랴만, 노래 속에서는 가능하다. 현실에서는 벙어리로 살아야 했던 여자들은 노래를 통해 자신들의 속마음을 풀어놓는다.

> 동네방네 어르신네 이내이름 짓거들랑
> 청춘과수 짓지말고 새애기라 지어주소
>
> —김해시 상동면 14, 『한국구비문학대계』 8-9

'새애기'란 이름도 불려보지 못하고, '청춘과수'라는 이름으로 불려야했던 그네들의 절규이다. 우리는 그네들에게 '청상과부'라는 말을 얼마나 많이 무심코 써왔던가. 그 이름 속에는 젊은 과부에 대한 호기심과 연민, 그리고 평생 개가하지 말고 살아야 한다는 암묵적 감시의 눈이 도사리고 있다. 그녀들에게 그 이름이 얼마나 큰 폭력이었는지 이제야 깨닫는다. 그녀들은 '청상과부'라는 이름 대신에 '용선이', '순이', '정금이'라는 큰애기적 고운 이름을, 그리고 시부모와 동네 어르신들로부터 '새애기'라는 다정다감한 이름을 듣고 싶다고 한다.

그들이 꿈꾸던 삶은 거창한 것이 아니었다. 부모가 아닌 자기 스스로가 혼인의 주체가 되어 마음에 드는 배우자를 정하고, 남편과 시부모에게 사랑을 듬뿍 받는 '새애기'로서의 행복한 삶이었다. 하지만 그 행복은 '여필종부', '재가금지' 등의 가부장적 이데올로기 속에 무참히 깨어져버렸다. 이제 돌려줄 때가 되었다. 우리 어머니들, 우리 할머니들의 이름을. 그리고 그네들에게서 '과부', '청상과부'라는 멍에를 벗겨내야 한다. 그들은 조금도 모자라지 않은, 언제고 다시금 '새애기'로 불리며 사랑하고 사랑받을 자격이 있는, 온전하고 아름다운 '여자' 아니던가.

조리장수 노래

: 금지된 과부의 성을 깨다

강원도 금강산 조리야장사 조리팔로 들어왔네
조리사소 조리사소
해가저물어 갈 수 없어 잘데없어 해갈매니
우리어무이 자는방에 하룻밤을 재내주고가소
날로날로 불을여니
천날만날 춥다하더니 그날밤을 자고나니
어무니요 오늘밤은 춥잖어요
에야야 오늘밤은 뜨시게 잘잣다
그란후에 조리장사 떠난후에 천날만날 명을자며
강원도 금강산 조리장사 그믐 초승에 올라드니
이 왜안오노 왜안오노
주야장창 심려를하니
아들이 듣고나서 미안하여

어머님요 어머님요 연전에 소문을 듣고나니

조리장사 죽었다네

아이구야야 그케 그케 그믐 초승에 온다드니

그레노니 아니온다

메늘아야 메늘아야 저상자야 내라여라

명자치를 끊어내여 속주우적삼 말라가주

메늘아야 메늘아야 꾸메어서 자삽찍걸에서 살아주면(태워주면)

강원도 금강산 조리장수

속주우적삼 날본듯이 가주가소

아들도 효자고 며늘도 효부라

　　　　　　　　　　　—상주군 화북면, 『서사민요연구』

2

금지된 과부의 성을 깨다
〈조리장수 노래〉

과부 어머니의 추위를 어떻게 풀 것인가?

한때 한참 인기를 끌었던 코미디 프로그램 중에 이런 내용이 있었다. 한집에 과부가 삼대 살고 있었다. 과부 삼대는 밤마다 허벅지를 찌르며 자신들의 주체할 수 없는 욕망을 억누르고 있었다. 어쩌다 그 집에 지나가는 나그네라도 묵을라치면, 세 과부는 서로 눈치를 보며 밤새 나그네 방을 들락거렸다. 세 과부의 욕망을 억누르기 위한 행동, 나이를 떠난 그녀들의 구애 경쟁을 보며, 시청자들은 그녀들의 욕망의 어리석음과 비뚤어짐을 마음껏 조롱하고 비웃었다. 더구나 젊은 과부의 욕망은 어느 정도 수긍하고 동정을 보내면서도, 나이든 늙은 과부가 젊은 나그네에게 추파를 보내는 모습에는 비정상적인 행동으로 치부하며 더욱더 크게 웃어댔다. 하지만 과연 늙은 과부에게는 성적 욕망이 없으며, 그들이 성적 욕망을 표현하는 것은 비정상적이고 비뚤어진 것일까?

〈조리장수 노래〉는 이러한 늙은 과부의 성을 정면으로 끄집어내어 노래한다. 〈조리장수 노래〉는 간혹 남자들이 부르기도 하지만, 대부분 나이든 여자들이 부른다. 늙은 여자, 어쩌면 그들 대부분 남편이 있건 없건 성에서는 소외된 처지에 있었을 터이다. 그들 스스로 자신들의 성 이야기를 노래로 끄집어냈다. 함부로 입 밖에 내서는 안 되었던 성, 그 성을 명을 자으며 물레를 돌리며 부르면서 함께 웃고 함께 탄식했다. 이 노래는 다음과 같이 시작한다.

> 강원도 금강산 조리야장사 조리팔로 들어왔네
> 조리사소 조리사소
> 해가저물어 갈 수 없어 잘데없어 해갈매니
> 우리어무이 자는방에 하룻밤을 재내주고가소
> 날로날로 불을여니 천날만날 춥다하더니
> 그날밤을 자고나니
> 어무니요 오늘밤은 춥잖어요
> 에야야 오늘밤은 뜨시게 잘잣다
>
> —상주군 화북면, 『서사민요연구』

어찌된 영문인지 과부 어머니는 매일 춥다고 한다. 아들이 방에 불을 아무리 때주어도 천날만날 춥다고만 한다. 과부 어머니가 추운 이유는 방의 온도가 낮아서가 아니다. 나이든 여자 혼자서 지내야 하는 겨울밤은 아무리 방의 온도가 높다고 해도 외로움으로 한기가 든다. 아들과 며느리는 그 과부 어머니의 추위를 도저히 이해할 수 없다. 여자의 성적 욕망, 그것도 나이 든 여자의 성적 욕망은 아예 없거나, 있다 해도 쉽게 절제할 수 있으리라고 여기는 것이 우리 사회의 일반적 태도이다. 그녀에게도 분명 부둥켜안을 몸과 맞대고 부빌 살이 필요하건만, 우리 사회는 그녀의 욕망을 이해하지 못했고 간혹 이를 드러내는 그녀는 비정상적인 음녀로 간주되어 지탄과 조롱을 받았다. 젊어서 남편을 여읜 청상과부는 늙어서까지 수절하는 것이 장려되었고 국가에서 상을 내리면서까지 칭송하고 기렸다. 그런 사회적 풍조와 분위기에 이 노래는 물음을 던진다. 과연 어느 것이 참된 효인가? 과부 어머니의 추위를 풀기 위해 방에 불을 더 땔 것인가? 아니면 과부 어머니의 추위를 잊게 해 줄 남정네를 들일 것인가?

억압된 욕망을 노래로 풀다

조리장수가 방방곡곡 조리를 팔며 돌아다니다 날이 저물자 과부의 집에서 하룻밤을 지내게 된다. 아들은 자신의 어머니가 홀로 계시기 때문에 남정네를 재우기 곤란하다며 난색을 표한다. 하지만 조리장수는 "남여가 유별이라... 부인동락 몰라보니 부엌에따나 쉬어갑시다."라고 청한다. 그렇게 부엌에서 잠을 청한 조리장수는 어느새 과부 어머니와 서로 의향이 통하여 부부동락을 맺게 된다. 아들이 염려하던 사태가 벌어지고 만 것이다. 그러나 아들의 염려는 자신의 어머니를 위한 것인가? 자신을 위한 것인가? 오히려 늘 외로움에 젖어 있던 과부 어머니에게는 비록 하룻밤이라 하더라도 조리장수와의 부부동락이 더 절실했던 것이다.

새로가서 조리한단 띠여다가 방방곡곡 팔다보니

한집에 당도하야 날은점점 일모하니 밤이야심 깊어간다

한집에 당도해서 하룻밤을 유하자니

아들호자 아니던가

우리집에 지무시면 대단히 좋건마는

우리모친 홀로기서 이집에 져구새는 대단히 좋건마는

우리모친 홀로계서 어찌할꼬 어찌할꼬

어찌웃나니다 웃나니다

나는 남여가 유별이라 나는많아 적적한데

부인동락 몰라보니 부엌엔따나 쉬어갑시다

그렇거든 쉬어가시오

그날밤을 새우는데

의향이 동하여 부부동락 아니던가 하룻밤을 시어가소

—상주군 청리면 17, 『한국구비문학대계』 7-8

조리장수는 늙은 과부에게 명년 삼월에 돌아오마며 약속을 하고 떠나간다. 조리장수를 보내고 난 뒤 늙은 과부는 밤낮으로 물레를 돌리면서 조리장수를 기다린다. "어르릉 어릉 물레돌아 물레돌아 어르릉어르릉 / 물레살아 빨리빨리 속히속히 돌아라"라고 부르는 것은 여느 〈물레 노래〉의 사설과 같다. 하지만 이어지는 〈물레 노래〉는 엉뚱하게 조리장수에 대한 늙은 과부의 넋두리를 담아낸다.

그노파가 안절부절 물레질을 돌리면서

어르릉어릉 물레돌아 물레돌아 어르릉어르릉

물레살아 빨리빨리 속히속히 돌아라
명년삼월 다시오면 조리장사 만나보자
강원도금강산 조리장사여 명년삼월에 온다더니
명년삼월 언제와서 조리장사 만내볼까
조리장사 보고서라 강원도금강산 조리장사
삼월삼짓날 언제올까
노래를 부르고 청승을 떨다가 손자한테 들켰는데
할머니는 무슨말씀을 그런소리를 하옵시오
잠안오고 심심해서 미영발을 물레돌리더니
온갖근심 노랠안하겠나 잔말말고 돌아가라
강원도금강산 조리장사 한번언제 만내볼까
일구월심 자나깨나 조리장사
앉았어도 조리장사 누웠어도 조리장사
조리장사 생각뿐이라 그저렁 지내다가
하루저녁 잠안와서 다시앉아 물레젓는다
우르릉우르릉 물레소리는 늙으신네 노리개고
우르릉부르릉 물레소리는 젊으신네 노리개고
소스락소스락 바느질은 처자식네 노리갠데
우리둘이 만나던 조리장산 어데가고 다시오진 안하는가

—상주군 청리면 17, 『한국구비문학대계』 7-8

"강원도금강산 조리장사여 명년삼월에 온다더니 / 명년삼월 언제와서 조리장사 만내볼까 / 조리장사 보고서라 강원도금강산 조리장사 / 삼월삼짓날 언제올까"라는 사설이 〈물레노래〉를 하면서 자신도 모르게 삐져나온다. 이를 손주가 듣는다. 이어서 "우르릉우르릉 물레소리는 늙으신네 노리개고 / 우르릉부르릉 물레소리는 젊으신네 노리개고 / 소스락소스락 바느질은 처자식네 노리갠데 / 우리둘이 만나던 조리장산 어데가고 / 다시오진 안하는가" 하는 〈노리개 타령〉 속에 그만 또 조리장사에 대한 그리움이 덮씌워진다. 며느리도 이 소리를 듣게 된다. 늙은 과부는 조리장수와 맺은 하룻밤 부부동락의 연을 아들에게도 며느리에게도 알릴 수 없었다. 혼자서 애를 태우며 조리장수가 돌아온다던 명년 삼월만을 기다릴 뿐이었다. 하지만 꼭꼭 눌러두었던 억압된 욕망은 〈물레노래〉를 통해 풀려나오고 만다. 노래는 거짓을 말하지 않는다. 노래에 담긴 그녀의 욕망은 그녀의 바깥으로 흘러나왔고, 며느리에게로, 아들에게로 퍼져나갔다.

비틀린 시선과 금기를 깨다

늙은 과부와 조리장수의 동침은 부적절하다고 지탄받아야 할 것인가? 늙은 과부에게 성은 허용되어서는 안 될 불순한 것인가? 우리 사회의 시선은 늙은 과부의 행위를 그렇게 바라본다. 어쩌면 〈조리장수 노래〉를 부르고 듣는 사람들 중에도 그런 시선을 가진 이가 있을 수 있다. 이 노래는 대부분 여자 노인들이 부르지만, 개중에는 다음처럼 남자 노인이 부르는 경우도 있다.

가네 가네 어디를 갔나

호리산 밑이 조개젓 장사야

어제 저녁에는 뜨뜻도 하게 잤더니

오늘 저녁에는 어디를 갔단 말이냐

아이구 지구 낭군님네들아

내 팔자 좀 고쳐주세요 어이구

—아산군 선장면, 『한국민요대전』 충남 8-10

남자 노인이 산에 나무하러 가서 불렀던 것이라 한다. 나무꾼 소리인 〈어사용〉 곡조로 불렀다. 여기에 나오는 화자(늙은 과부)의 목소리는 앞에서 살펴본 늙은 과부의 목소리와 전혀 다르다. 앞에서 살펴본 노래들의 화자는 아들과 며느리가 자신의 행위를 눈치챌까봐 조심스러워하는 반면, 여기에 나타난 화자는 노골적으로 "아이구 지구 낭군님네들아 / 내 팔자 좀 고쳐주세요." 하고 소리친다. 이는 남자들의 시선 속에 희화화된 주책없는 늙은 과부의 모습일 뿐이다. 조리장수의 인연을 부부의 연과 같이 소중하게 여기는 조신한 과부가 아니라, 팔자를 고치는 데 급급한 추한 늙은이의 모습으로 비춰지고 있다.

하지만 여자 노인들이 부르는 〈조리장수 노래〉의 늙은 과부는 조리장수와의 인연을 소중하게 여긴다. 조리장수의 죽음을 듣고 애통해하며 그의 장례를 남편의 장례처럼 정성스레 치른다. 이는 늙은 과부가 조리장수를 단지 하룻밤의 욕망을 푼 상대로 여긴 것이 아니라 남은 평생의 배필로 귀하게 여겼음을 보여주는 것이라 할 수 있다.

야야 불쌍타 따뜻한 양지쪽에

내 질쌈 해났는 명지베로 있는 거로

대베 묻어주라

에고 답답해라 아이고 아이고 아이고

["그래가주고"]

옷을 해여 따뜻한 양지쪽에 묻어놓고

그 아들이 애고 지고 상두질하고 해났더니

박도령이 천하 명산에 갔다 써 가주구

그집이 부자가 되가주구 안즉도 잘산다니더 미영을 잣아가머

-영덕군 병곡면, 『한국민요대전』 경북 8-28

늙은 과부는 이렇게 조리장수(위 노래에서는 박도령)의 주검을 거두어 정성스레 장례를 치르기도 하고, 그의 옷을 지어 태워줌으로써 명복을 빌기도 한다. 이는 아내로서의 예를 갖춘 것으로서 하룻밤의 인연이라 할지라도 사랑과 진실이 담겨있었음을 나타내는 것이라 할 수 있다. 게다가 그 아들 역시 아들의 예로 장사를 치른다. 노래를 부른 할머니는 "그집이 부자가 되가주구 안즉도 잘산다니더"라고 전한다. 아들 역시 과부 어머니의 속마음과 외로움을 잘 알았고 이를 풀어드리려 노력했기에 잘 살게 되었다는 것이다. 그 아들이 정말 효자 아니겠는가? 〈조리장수 노래〉를 부른 여자 노인들은 하나같이 과부 어머니의 방에 조리장수를 들어가 자게 해준 아들과 며느리를 "아들도 효자고 며늘도 효부라"라고 칭송한다. 이는 '수절'이니, '열녀'니 하는 정절 이념에 대해 전면적인 도전이 아닌가? 그러므로 이 노래는 늙은 과부의 하룻밤 동락을 한 순간의 욕정의 발산으로 여기는 비틀린 시선과 과부의 성을 무조건적으로 억눌러온 사회적 금기에 대한 엄중한 경고와 비판으로도 읽힌다.

너무나 소중한 그녀들의 성

늙은 과부와 떠돌이 조리장수와의 하룻밤 인연, 하지만 그 인연은 영원히 지속될 수 없었다. 봄이 되면 돌아온다던 조리장수의 약속은 지켜지지 못한다. 어쩌면 조리장수의 죽음은 늙은 과부의 기다림을 끝내기 위한 아들과 며느리—우리 모두의 거짓말일지도 모른다. 하지만 과부는 조리장수의 약속을 믿으며, 정성스레 자은 베로 조리장수의 옷을 지어 태워준다. 조리장수에게 사후에나마 옷 한 벌 지어 보내고자 하는 정성과 이루지 못한 사랑에 대한 한의 표현이다.

이 노래는 희극적이라고 한다. 희극적 서사민요는 성적 억압을 노래하며, 성적 억압과 금기를 과감하게 깨뜨린다고 한다. 희극적 서사민요는 노래를 부르는 사람들이 노래 속 주인물의 어리석고 모자란 행동을 보며 웃는다고 한다. 그러나 과연 누가 어리석은가? 노래 속 늙은 과부인가? 늙은 과부를 노래하는 여자 노인인가? 늙은 과부를 바라보는 우리인가?

어쩌면 늙은 과부가 아니라 늙은 과부의 행동을 어리석게 바라보는 우리가 정말 어리석은 것인지도 모른다. 뒤집어보면 이 노래는 다른 수많은 서사민요와 마찬가지로 여전히 비극적이다. 하룻밤으로 끝날 수밖에 없었던 그녀들의 성. 이는 그녀들의 성이 현실에서 쉽사리 해결될 수 없는 것임을 말해주는 것이기도 하다. 하지만 그렇게 쉽게 넘겨버리고 말 수는 없다.

"그녀들의 성은 여전히 너무나 소중하기 때문이다."

서답개 노래

: 욕망과 사랑의 역설

강남서나온 백달백사주는 금자옥자 둘러잡고

구부구부 서슨구부 은가세(은가위)를 손에들고

어리썽둥 베어내서 외무릎팍에 엉거놓고(얹어놓고)

엉침덩침 누빈 것이 쉰닷줄을 누볐구나

밤중밤중 야밤중에 허리아로(허리아래) 둘러두고

세조금 사흘만에 어리선득 끌러내서

상나무 바가치에다 담갔다가

전나무 방아치(방망이)를 손에들고 상나무 바가치를 옆에찌고

열두모퉁 돌아가서 은돌놋돌 마주놓고 아리찰찰 씻노랑게

도령보소 도령보소 삼단같은 조소머리 물길같이 흘려빗고

반비단 모란뱅이 붕애만치 물려들여

허리아래 떤져놓고 열두쪽 세경보선

감당까신(검정 가죽신)에 아리살득 세워서

떠달라네 떠달라네 세숫물을 떠달라네
한번그래도 아니듣고 두 번그래도 아니듣고
삼세번을 거듭해서
상나무 바가치를 씻고씻고 또씻고[청중: 웃음]
월경수를 제쳐놓고 익경수를 떠다중게
익경수를 마다하고 월경수를 떠달라네
—곡성군 곡성읍, 새터 60, 『한국서사민요의 날실과 씨실』

3
욕망과 사랑의 역설
〈서답개 노래〉

소중한 처녀의 몸과 서답개

여자는 한 달에 한 번씩 붉은 꽃을 피운다. 꽃은 아이가 비로소 여자가 되게 하며, 보호받아야 할 딸에서 누군가를 섬기고 돌봐야 할 아내와 어머니로 다시 태어나게 한다. 누군가가 마음속에 들어와 가슴 콩닥거리는 이상스런 증세를 겪게 되는 것도 바로 이 즈음부터인 듯하다. 요즘은 초경을 시작하면 온 식구가 둘러앉아 아이가 비로소 '여자'가 된 것을 축하해 준다고 하는데, 예전 우리네는 혼자서 당황해 절절매다가 결국 언니나 어머니에게 부끄러이 손을 내밀었다.

처음 내 몸에 꽃이 피었을 때, 어머니는 담담한 표정으로 장에 가서 흰 무명천을 끊어오셨다. 적당한 길이로 뚝뚝 잘라내 끝을 감치고, 몇 번이고 되풀이해 삶아 서답개(월경대)를 만드는 과정은 마치 경건한 의식 같았다.

가지런히 개켜진 하얀 서답개 더미를 받아드는 순간, 난 더 이상 어머니 품에서 응석을 부릴 수 없는 존재가 되었음을 깨달았다. 그중 하나가 바로 아버지, 오빠가 모두 잠든 한밤중에 몰래 일어나 하루 내 숨겨두었던 서답개를 빠는 일이었다. 어두운 수돗가에 쭈그리고 앉아 붉은 물이 말갛게 가시도록 헹궈내는 일은 힘들고 괴로우면서도 어머니에게 절대 미뤄서는 안 되는 나만의 비밀스런 의례였다. 기억컨대 한 일 년 정도는 지나서야 그 힘겨운 의례에서 해방돼 '자유(일회용 생리대)'를 누릴 수 있었던 듯하다.

그렇게 내 기억 속에서는 힘겹게만 느껴졌던 그 일을 당당하고 낭랑하게 이야기하며, 나의 이 힘겨움과 '해방' 운운하는 말들을 무색케 하는 노래가 있다. 바로 〈서답개 노래〉이다. 〈서답개 노래〉의 '서답개'는 월경대의 옛 이름이다. 어머니들은 그저 '서답'이라고도 하고 '개짐'이라고도 하며 '개삼정'이라고도 한다. 노래는 처녀가 이 '서답개'를 만드는 장면에서부터 시작한다.

> 강남서나온 백달백사주는 금자옥자 둘러잡고
> 구부구부 서슨구부 은가세를 손에들고
> 어리썽둥 베어내서 외무릎팍에 엉거놓고
> 엉침덩침 누빈 것이 쉰닷줄을 누볐구나.
>
> —곡성군 곡성읍, 새터 60, 『한국서사민요의 날실과 씨실』

강남에서 나온 귀한 비단천을 금자옥자로 말라, 은가위로 베어내어 쉰다섯 줄을 누벼 만들었다고 하니, 얼마나 희고 부드러우며 빛이 나고 아름다웠을까.

서답개를 이렇게 귀하고 아름다운 천과 값나가는 도구를 사용해 정성껏 만들어냈다는 것은 그네들이 한 달에 한번 나타나는 '몸엣것'을 매우 소중하게 여겼음을 나타내 준다. 이는 곧 그네들이 자신들의 몸을 귀하고 아름답게 여겼으며, 그 보배로운 몸을 감싸야 하는 '서답개' 역시 매우 소중하게 여기고 있음을 보여준다. 우리의 어머니들에게 서답개는 거추장스럽고 고역스러운 것, 부끄럽고 추한 것, 벗어나고 해방되어야 할 것이 아니라, 정성스레 만들어 귀하게 지녀야할 아름답고 소중한 것이었다. 그네들의 몸, 그리고 그 '몸엣것'은 사람을 낳고 사람과 사람을 연결하는, 세상의 근본이 되는 가장 가치 있는 것이기 때문이었다.

펼쳐보지 못한 사랑의 좌절

처녀 아이는 한 밤중에 서답개를 끌러내어 남몰래 빨래터로 나간다. 아낙들이 왁자지껄 요란하게 마을 사람 소식들을 주고받는 대낮의 빨래터가 아니라, 달빛마저 감춰 아무런 그림자를 찾을 수 없는 야밤중의 빨래터이다. 상나무 바가지에 전나무 방망이를 손에 들고 열두 모퉁이를 돌아서 나가 서답개를 '아리찰찰 씻노랑게', 느닷없이 처녀 앞에 한 도령이 나타나 물을 떠 달란다.

밤중밤중 야밤중에 허리아로 둘러두고
세조금 사흘만에 어리선득 끌러내서
상나무 바가치에다 담갔다가
전나무 방아치를 손에들고
상나무 바가치를 옆에찌고 열두모퉁 돌아가서

은돌놋돌 마주놓고 아리찰찰 씻노랑게
도령보소 도령보소
삼단같은 조소머리 물길같이 흘려빗고
반비단 모란뱅이 붕애만치 물려들여
허리아래 떤져놓고 열두쪽 세경보선
감당까신(검정 가죽신)에 아리살득 세워서
떠달라네 떠달라네 세숫물을 떠달라네

—곡성군 곡성읍, 새터 60, 『한국서사민요의 날실과 씨실』

도령은 '삼단같은 조소머리 물길같이 흘려빗고 / 반비단 모란뱅이 붕애만치 물려들여 / 허리아래 떤져놓고 / 열두쪽 세경보선 감당까신에 아리살득 세워서' 신은 멋쟁이다. 일반적인 노래들이 남자의 시선에서 여성의 외모를 그리는 것이 대부분이라면, 이 노래는 여성의 시선에서 남자를 바라본다. 도령은 삼단 같은 머리를 곱게 흘려 빗고, 그 끝을 붕어 모양으로 묶어 허리 아래로 던져놓고 있다. 긴 머리를 허리 아래에까지 곱게 땋아 내리고 붕어 매듭으로 묶은 자태는 처녀의 외모가 아니라 도령의 외모로서, 처녀에게 매력적으로 다가선다. 뿐만 아니라 열두쪽 세경버선에 검정 가죽신의 코를 세워 신은 모습은 이 도령이 예삿집이 아닌 귀한 집의 자제임을 내비친다.

처녀는 겉으로는 도령에게 관심이 없는 듯하지만 이러한 시선을 통해 이미 도령의 단정하고 맵시 있는 모습을 보고 한눈에 사로잡혔음을 내비친다. 게다가 도령이 서답개를 빠는 처녀 앞에 느닷없이 나타나 그냥 물도 아닌 월경수를 떠달라고 하는 것은 두 사람 사이에서 이미 남녀로서의 교감과 사랑이 싹트기 시작했음을 나타낸다. 처녀의 월경수는 잉태와 출산의 상징수로서, 처녀의 월경수를 달라는 것은 바로 처녀를 마음에 두고 있음을 고백하는 것이라 할 수 있다.

> 한번 그래도 아니듣고 두 번 그래도 아니듣고
> 삼세번을 거듭해서 상나무 바가치를 씻고씻고 또씻고 [청중: 웃음]
> 월경수를 제쳐놓고 익경수를 떠다중게
> 익경수를 마다하고 월경수를 떠달라네
> —곡성군 곡성읍, 새터 60, 『한국서사민요의 날실과 씨실』

총각이 물을 떠달라자 처녀는 서답개를 담아 왔던 상나무 바가지를 씻고 또 씻어 깨끗한 익경수(윗물인 듯함)를 떠 주지만, 도령은 한사코 익경수를 마다하고 월경수를 떠 달라고 한다. 각편에 따라 처녀와 총각이 하룻밤 동안 정을 쌓는 경우도 나오기는 하지만, 대부분의 경우 총각은 처녀의 월경수를 얻지 못하고 돌아선다. 어느 경우이건 총각은 집으로 돌아와 곧장 상사병으로 앓아눕게 되고 놀란 부모가 온갖 수단을 다 쓰지만 곧 죽게 된다. 죽은 이후에도 총각은 그냥 떠날 수 없었던지 총각의 상여가 처녀 집 문 앞에 멈춰 선다. 처녀는 졸지에 총각을 죽인 '죄인'이 되고 만다.

> [앞소리 먹이는 사람(상여소리 선소리꾼)이 와가주고 카더래여. 이 집에 지(罪) 진 사람 나서라 카더래여. 그래 처자가 나서서 지는 안 짔는데 물 떠 준 일빼이 없다 카인께]
> 첫새북(첫새벽)에 일어나서
> 정상군 니러가는물에 빨래씨로 갔디이마는
> 난데없는 과게선부 불티겉이 날라와서
> 물좀조금 돌라길래 그륵없어 못준다칸께

> 피주박(피 묻은 바가지)을 내티리서 또가시고 또히시고
> [내준께, 집어 쓰고 아랫탕물 먹고 간 일빽이 없다 칸께, "그렇걸랑 저
> 머리풀고 곡을 해민 흰동타고 따라나서라" 카더래요. 자기때미 죽었는데
> 죽은 사람보다 낫다 카미서]
>
> —상주군 낙동면 3, 『한국구비문학대계』 7-8

지나가는 선비에게 물 한번 떠 주었다가 '죄진 사람'이 된 처녀는 친정식구
와 상여꾼들의 강요대로 머리 풀고 곡을 하며 '흰동'을 타고 상여를 따라 나
선다. '흰동'은 하얀 천으로 둘러싼 가마로 신부가 신랑이 죽었을 때 타고 간
다고 한다. 기쁨과 설렘 속에 화려한 꽃가마를 타고 가야 할 신행길이 슬픔과
좌절 속에 초라한 흰 가마를 타고 가는 초상길이 된 것이다. 혼례조차 치르지
못한 채 죽은 남자의 아내가 되고 만 처녀는 시댁에서 평생 '그집 귀신'이 되
어 '애먼 과부'로 살게 된다. 물론 '아들 죽인 년'이라는 시집식구들의 욕설도
감내해야했다.

> 대문안에를 복들어가니 시금시금 시어머니
> 에라요년 요망할년 남의집에 삼자(삼대)독자
> 외아들 목숨의 도상을 끈글소냐
>
> —보성군 문덕면 2, 『한국구비문학대계』 6-12

노래는 이렇게 갓 초경을 시작한 한 처녀에게 느닷없이 닥친 불행을 이야
기한다. 자신의 몸을 감싸줄 부드러운 서답개를 만들던 설렘도 잠시, 빨래터
에서의 잠깐의 조우로 인해 처녀의 인생은 나락으로 떨어지고 만다. 이런 비
극적 노래를 통해 우리네 어머니들이 이야기하고자 했던 것은 무엇일까. 노

래 속에서 처녀는 자신의 이름을 '청춘과부'가 아닌 '애먼 과부'로 지어달라고 부탁하며, 노래를 듣던 청중들도 한목소리로 "애먼 과부다. 맞다. 애먼 과부 거등."이라고 입을 모은다. 이는 그네들 모두가 처녀에게 닥친 사랑의 좌절을 안타까워하며, 그네들 역시 '애먼 삶'을 살아왔음을 말하려는 것은 아닐까. 사랑과는 관계없이 부모들에 의해 정해진 혼처로 혼인해야 했던 슬픔, 한 번도 제대로 펼쳐보지 못한 사랑에 대한 좌절을 노래 속 처녀의 삶을 통해서 대신 말하고자 했던 것은 아닐까.

현실의 벽을 뛰어넘은 사랑의 힘

〈서답개 노래〉가 모두 비극적으로 끝나는 것은 아니다. 지역에 따라 창자에 따라 사건의 전개와 결말이 다르게 나타나기도 한다. 그중 하나가 처녀가 죽은 총각의 상여 위에 속적삼을 덮어주며 일어나라고 하자 총각이 '벌떡' 살아난다는 것이다.

> 삼십일명 종아들아 팔십일명 행상꾼들
> 질위에 행상놓고
> [질아래로 물러가라고 하더란다. 대처, 질위에 행상 놓고 질아래로 물러성게]
> 흰꽃을 문대면서 일어나오 일어나오
> 이승부부 될라그당 어서배삐 일어나오
> 새파랑꽃을 문대면서 일어나오 일어나오

이승부부 될라그당 어서배삐 일어나오
뻘건꽃을 문대면서 일어나오 일어나오
이승부부 될라그당 어서배삐 일어나오
[함게 벌떡 일어나 불드란다.]

―곡성군 곡성읍, 새터 60, 『한국서사민요의 날실과 씨실』

앞의 경우처럼 처녀가 죽은 총각 집에 가서 평생 수절하며 살아야 하는 유형을 '처녀과부형'이라고 한다면, 이 경우는 '총각재생형'이라 할 수 있다. 앞의 것이 현실적이라고 한다면, 이 경우는 초현실적이다. 앞의 것이 불행한 결말이라면, 이 경우는 행복한 결말이다. 노래 속에서 이렇게 초현실적 방법으로나마 행복한 결말을 이루려고 하는 것은 바로 현실의 벽을 넘어서서 사랑을 이루고자 하는 여성들의 욕망에 의한 것이라고 할 수 있다. 처음 마음속에 들어온 사람과 영원히 함께하고픈 사랑과 욕망의 힘이 죽은 사람을 살려내는 것이다. 하지만 이 행복한 결말이 현실 속에서는 불가능하다는 점에서 노래는 역설적 현실을 보여준다. 예전 여성들에게 있어서 행복은 현실을 떠나야만 가능했던 것일까.

물론 노래 속에서 현실적인 행복이 전혀 나타나지 않는 것은 아니다. 매우 드물기는 하지만, 처녀가 자신의 사랑을 찾아가 혼인을 성사시키는 매우 혁신적인 유형이 나타나기도 한다. 처녀는 총각과 빨래터에서 헤어진 이후, 중 차림을 하고 총각 집을 찾아간다. 서당을 가고 집에 없는 총각을 기다리기 위해 일부러 시주 받은 쌀을 땅에 엎지르고 젓가락으로 한 톨 한 톨 주워 담으며 시간을 지체한다. 날이 저물자 처녀는 총각 집 골방에 머무르게 되고, 달을 보며 자신을 그리워하는 총각과 재회한다. 총각은 중 차림의 처녀를 뒤늦게 알아보고 얼싸안고 눈물지으며, 시부모 역시 맨발로 달려나와 처녀를 며느리로 맞아들이는 장면이 매우 극적으로 전개된다.

강태고지 책을보며 창밖에라 썩나서서
저게떴는 저달님은 동국각시 보리마는
이내나는 희기라도 동국각시를 몬보겠네
동국각시 볼라거등 골방안으로 후아드소
골방문을 반만열고 아리살살 디다보니
반달같이도 앉았구나 (중략)
여보시오 낭군님아 옛날옛적 내말씀을 몰랐던가
동국각시가 여기왔소
어이구지고 얼싸안고 홀목(손목)잡고 낙루하네
반달같은 동국각시 금옥같은 강태고지
얼싸하는 그소리를 동국 [다시 고쳐서]
강태고지 저거머니(저 어머니) 살푼알삼 들었던가
골방문을 반만열고 아리살콤 디다보니
달이떴나 별이떴나 면경(거울)겉이도 밝았구나
아랫방에 영감님요 맨발로 달려오소
골방문을 반만여니 달이떴는가 별이떴는가
이내이사람 분별못해 영감님을 불렀구나
영감님도 디다보니 달이떴나 별이떴나
이리살콤 디다보니 우리아들 재주좋아
한닢돈도 안들어도 미느리(며느리)만 분명하네

－의령군 칠곡면 6, 『한국구비문학대계』 8-10

소설과 버금가는 장편의 노래이다. 경남 지역에서 주로 전승되며 흔히 〈강태백이 동국각시 노래〉라고 한다. 동국각시는 시부모들이 "달이 떴나 별이 떴나 면경(거울) 겉이도 밝았구나" 하며 반길 정도로 아름답다. 사랑하는 총각을 중이 되어 찾아간 처녀, 오매불망 헤어진 처녀를 그리워하는 총각, 아무 것도 묻지 않고 처녀를 며느리로 받아들이는 시부모 등, 현실에서는 도저히 일어나기 어려운 매우 낭만적인 결말이다. 이는 앞의 '처녀 과부형'이나 '총각 재생형'과는 달리 현실 속에서 사랑을 이루고자 하는 여성들의 욕망과 의지가 마침내 현실의 벽을 뛰어넘은 것이라 할 수 있다. 그네들은 노래를 통해 금지된 욕망과 사랑의 벽을 뛰어넘는 역설을 실현한다. 믿기 어렵겠지만 이는 문자로 기록된 소설이 아닌, 일자무식 평민 여성들의 입에서 입으로 전해져 내려온 '노래'이다. 어쩌면 그네들만의 모임에서 은밀하게 불려졌기에 이 경이로운 노래가 가능했을 지도 모른다.

우리가 뛰어넘어야 할 담장들

〈서답개 노래〉는 월경을 처음 겪은 여자 아이(처녀)가 첫눈에 멋진 총각과 사랑에 빠지게 되나, 곧 이를 가로막는 현실에 좌절하는 노래이다. 한번 품었던 금지된 사랑과 욕망에 대한 징벌은 너무나 가혹해 총각은 죽음에 이르게 되고, 처녀는 죽은 총각의 아내가 되어 평생 수절을 하게 되는 '애먼 과부'로 살게 된다. 창자에 따라 이 결말을 현실을 뛰어넘는 역설로 바꾸어 놓는 것은, 그네들에게 강요된 이 '애먼 삶'이 너무나 억울하고 원통했기 때문이었을 게다. 노래 속에서 사랑하는 이를 살려내기도 하고 중이 되어 찾아가 사랑하는 이와 혼인을 하는 것은, 노래 속에서나마 그네들이 원하는 '참 삶'을 살고 싶었기 때문이었을 게다.

현재 우리네 삶은 어떠한가. 우리는 여전히 '참 삶'을 가로막는 높은 담장들에 둘러싸여 있지는 않은가. 아직도 여성에게 '월경'은 '참 삶'을 살 수 있는 '기회'가 아니라 '한계'로 그네들을 옭매고 있지는 않은가. 달마다 기저귀를 차는 여자를 '어른'으로 인정할 수 없다던 어느 목사의 목소리가 아직도 우리 사회 속에 보이지 않는 담장으로 둘러쳐 있지는 않은가. 그 담장을 예전 우리네 어머니들이 노래를 통해 뛰어넘었다면 이제 우리는 현실 속에서 뛰어넘어야 하지 않을까.

댕기 노래
: 은밀하고 위대한 구애

형님머리 두자머리 이내머리 석자머리

형님댕기 두자댕기 이내댕기 석자댕기

우리아배 떠온댕기 우리형님 접은댕기

[노래가 막히니 웃고는]

우리어메 들인댕기

앞집이 동무네야 뒷집이 벗이네야(벗님네야)

도화들에 놀러가세

강에강축 넘게뛰다 이내댕기 빠졌구나

주었도다 주었도다 이토연이 주었도다

이내댕기 주라무다(주려므나)

못줄레라 못줄레라 처자댕기 못줄레라

주라무다 주라무다 이내댕기 주라무다

못줄레라 못줄레라 처자댕기 못줄레라

너어메랑 울어메랑 사돈할찌(사돈 맺을 때) 내주꺼마

처매끈에 열대차고(열쇠 차고) 사리살때 내주꺼마

명주수건 두자수건 횃대끝에 달어놓고

너랑내랑 낮닦을지(얼굴 닦을 때) 내주끄마

[잠시 쉬었다가]

못줄레라 못줄레라 처자댕기 못줄레라

여울물캉 개명물캉 합수할지 내주꾸마

주라무다 주라무다 이내댕기 주라무다

못줄레라 못줄레라

요늠요늠 요망한넘 서울가신 울오라배

금바라지 열고닫고 쫀독쫀독 견뎌봐라

구비구비 겹친댕기 사리살짝 거스를데

[웃음]["더 없다."]

－안동시 일직면 8, 『한국구비문학대계』 7–9

줌치 노래
: 은밀하고 위대한 구애

나물심가(나무를 심어) 나물심가 낙동강에 나물심가

그나무가 자라나서 열매하나 열었다네

무슨열매 열었던고 해와달이 열었다네

열매하나 따여다가

햇임을랑 안을넣고 달임을랑 겉을대여

줌치하나 지어내서

중별따서 중침노아 상별따서 상침노아

무지개로 선두로고 동래팔선 끈을달아

한길가에 걸어놓고

올라가는 구감사야 나려오는 신감사야

저줌치를 구경하소

그줌치를 누솜씨로 누가누가 지어냈소
어제왔든 순금씨와 아레왔든 유이씨와
둘의솜씨 지어냈네
저줌치를 지은솜씨 은을주랴 금을주랴
은도싫고 금도싫고 물명주 석자 이내허리 둘러주소

－안동 주머니 노래, 『조선민요연구』

4

은밀하고 위대한 구애
〈댕기 노래〉와 〈줌치 노래〉

구애의 노래 속에 숨겨진 속뜻은?

　예전 우리네 어머니들이 젊었던 시절, 처녀와 총각은 어떻게 사랑을 고백하고 청혼을 했을까. 요즘에는 프로포즈를 위한 이벤트 회사가 있을 정도로 연인 간의 구애와 구혼이 화려하고 낭만적인 방식으로 이루어지지만, 예전에는 대부분 가문 웃어른의 결정에 따라야 했으므로 개인 간에 사적으로 구애 의사를 전하기가 쉽지 않았을 것이다. 그러나 그렇다고 해서 사랑의 노래조차 부르지 못했던 것은 아니다. 오히려 옛 노래 속에는 처녀와 총각이 은밀하게 사랑의 의사를 타진하고 구애하는 노래들이 많이 나타난다.

　특히 경상도 지역에서 모를 심으며 부르는 〈목화따는 처녀〉 노래에는 남녀 간에 사랑의 의사를 모색하는 사설이 나온다. 두 패로 나뉜 농부들은 앞소리와 뒷소리를 주고받으며 처녀와 총각처럼 사랑의 성사를 놓고 밀고 당긴다.

해 저물도록 목화를 따고 있는 처녀에게 총각이 집이 어디인가 물으면 처녀
는 수수께끼와 같은 은유로 자신의 집을 가르쳐준다. 처녀가 되받아 총각 집
을 물으면 총각이 다시 수수께끼로 자신의 집이 있는 곳을 대답한다.

사래갈고 장찬밭에 목화따는 저처자야
네집을랑 어대두고 해가는줄 웨모르나

질이나 갈자새지 내집알아 뭣할손고
내집을 알려거든 은동거러 놋등거러
자주동동 연화거러 안개밭 디리달아 구름속이 내집이라
내집을 알았으니 선비집 어디있소

내집을 알려거든 은동거러 놋등거러
자주동동 연화거러 잔솔밭이 내집이라

-안동 네집내집 노래, 『조선민요연구』

목화 따는 처자와 선비 사이에서 오간 수작은 요즘 불리는 "이름이 뭐에
요?", "전화번호가 뭐에요?" 류 노래의 수준을 훌쩍 뛰어넘는다. 선비는 다
짜고짜 처녀 집을 물으며, 처자는 "길이나 갈 것이지 내 집 알아 뭣할손고."
라고 핀잔을 준다. 그러면서도 이내 자신의 집은 "은동거러 놋등거러 자주동
동 연화거러 안개밭 디리달아 구름속이 내집이라."라고 대답한다. 또한 거기
에서 그치는 것이 아니라 처자 역시 대담하게 선비 집을 되물으며, 이에 선비
는 "은동거러 놋등거러 자주동동 연화거러 잔솔밭이 내집이라."고 대답한다.
여기에서 '안개밭 구름속'이나 '잔솔밭'은 실제의 현실 공간이라기보다는

'남성'과 '여성'을 상징하는 은유로 여겨진다. 두 곳 모두 금세 쉽게 도착할 수 있는 곳이 아니라 이 거리 저 거리 한참 지나서야 도착할 수 있는 깊고 은밀하며 신비스러운 곳으로 묘사되고 있다. 겉으로는 상대의 집을 묻고 대답하는 듯하지만, 그 속에 성적 상상을 불러일으키는 대담한 은유가 자리 잡고 있는 것이다.

이렇게 예전 노래 속에는 혼인 절차도 거치지 않은 채 은밀하게 상대의 성적 의사를 묻고 대담하게 사랑을 주고받는 남녀의 모습이 담겨 있다. 물론 이들 노래는 은유와 상징으로 되어 있어서 그 속뜻을 언뜻 알아차리기가 그리 쉽지 않다. 이들 구애의 노래들은 대부분 겉으로 드러난 은유적 표현을 통해 속뜻을 알아맞히는 일종의 수수께끼로 되어 있기 때문이다. 이는 아마도 마음에 드는 상대에게 수수께끼를 내어, 그 수수께끼를 풀어야만 사랑을 얻을 자격이 있다고 생각했기 때문이 아닐까. 구애의 노래를 부른다는 것은 어쩌면 이 은유와 상징의 고리를 풀어내서 속뜻을 알아맞히는 수수께끼 놀이를 벌이는 것이기도 하다.

여울물과 개울물이 합수할 때 돌려주마: 〈댕기 노래〉

〈목화따는 처녀〉 노래가 은밀하면서도 대담하게 남녀 간의 성적 의사를 타진했다고 한다면, 상대에게 필요한 소지품을 통해 구애를 하거나 혼인 상대자를 찾는 노래도 있다. 처녀가 잃어버린 댕기를 주워 처녀에게 구혼하는 〈댕기 노래〉와 남자가 차고 다니는 줌치(주머니)를 만들어 남성들에게 구혼하는 〈줌치 노래〉가 그러하다. 이들 노래 역시 겉으로 드러난 표현과 속에

감춰져있는 속뜻이 다른 수수께끼로 되어 있다. 우선 총각이 처녀의 댕기를 주워 구애(청혼)를 하는 〈댕기 노래〉의 수수께끼를 풀어보자.

잃었다네 잃었다네 궁초댕기 잃었다네.
조었다네(주었다네) 조었다네 김토연이 조었다네

토연토연 金토연아 조은(주은)댕기 나를다오
우리아배 돈준댕기 우리오배 썩인댕기
우리형님 접은댕기 조은댕기 나를다오

내사내사 못주겠다 암탉장닭 앞에놓고 꼬꼬제비 할재주마

그래도 내사싫다

병풍에 기린닭이 벽장앞에 칠때주마
동솥걸고 큰솥걸고 시간살때 너를주마

토연토연 金토연아 잔말말고 나를다오

-댕기와 김통인 노래, 『조선민요연구』

처매끈에 열대(열쇠)차고 사리살때 내주꺼마
명주수건 두자수건 횃대끝에 달어놓고
너랑내랑 낮닭을지 내주끄마 [잠시 쉬었다가]
못줄레라 못줄레라 처자댕기 못줄레라
여울물캉 개명물캉 합수할지 내주꾸마

-안동시 일직면 8, 『한국구비문학대계』 7-9

〈댕기 노래〉에서 총각(김통인)은 처녀가 잃어버린 댕기를 주워 처녀에게 "암탉장닭 앞에 놓고 꼬꼬제비 할재주마"라고 한다. 노래 속에 나오는 '암탉장닭을 앞에 놓고 재배를 한다'든가, '동솥 걸고 큰 솥 걸고 세간을 산다', '명주수건 횃대 끝에 달아놓고 너랑나랑 낯닦는다'든가, '여울물과 개명물이 합수한다'고 하는 것 등은 모두 '혼인' 또는 '합방'에 대한 은유이다. 총각은 처녀에게 "나와 결혼하자"라는 말을 이와 같은 수수께끼적 표현을 통해 일방적으로 제시한다. 이에 처녀가 "그래도 내사싫다"나 "토연토연 森토연아 잔말 말고 나를다오"라고 거듭 거절하는 것은 처녀가 총각이 제시한 수수께끼의 속뜻을 금세 풀어낼 수 있었기 때문에 가능했다.

처녀의 거절에 총각은 다시 "병풍에 그린 닭이 벽장 앞에 칠 때" 댕기를 돌려주겠다고 역설적 은유를 통해 자신의 뜻을 밝힌다. 이는 결코 댕기를 돌려주지 않겠다는 의미로, 고려속요 〈정석가〉에 나오는 "삭삭기 셰몰애 별헤 / 구은 밤 닷 되를 심고이다 / 그 바미 우미 도다 삭나거시아 / 유덕ᄒ신 님 믈 여히ᄋ와지이다(바싹 마른 가는 모래 벼랑에 / 구운 밤 닷 되를 심고이다 / 그 밤이 움이 돋아 싹이 나야만 / 유덕하신 임과 헤어지겠습니다.)"와 동일한 발상의 역설적 수수께끼이다. 총각은 이 수수께끼를 통해 자신의 강한 의지를 제시하고, 처녀 역시 수수께끼의 속뜻을 풀어내지만 끝까지 자신의 거부 의사를 밝힌다.

이 노래에서 댕기는 여자의 처녀성의 상징이며, 아버지, 어머니, 오빠, 언니 등 친정 가족들과 연결되는 끈이다. "댕기를 푼다."는 것은 혼인을 한다는 의미로, 여자가 이 댕기를 잃어버린다는 것은 여자에게 있어서 처녀성과 친정 가족들과의 연대를 잃게 됨을 나타낸다. 노래 속에서 처녀가 통인에게 자신의 댕기를 돌려달라고 애원하는 이유는 여기에 있다. 그러나 "병풍에 그린

닭이 벽장을 칠 때"에야 돌려준다며 결국 혼인하기 전에는 돌려주지 않겠다는 통인의 막무가내식 청혼을 꺾을 수는 없다.

노래가 사건의 결말 부분을 보여주지는 않고 있지만, 이미 사태는 총각의 우위로 기울어져 있다. 하지만 그런 가운데서도 끝까지 통인의 구애(청혼)를 거부하는 처녀의 모습에서 터무니없는 총각의 요구를 쉽게 응낙하지 않는 처녀의 자존심을 엿볼 수 있다. 또한 한편으로는 혼인 전 친정식구와의 강력한 연결 속에서 혼인에 있어 의사 결정이 자유롭지 못했던 한국 여성들의 처지를 그대로 보여주는 것이기도 하다.

누가 해와 달을 품은 주머니를 사리오: 〈줌치 노래〉

〈댕기 노래〉에 비해 〈줌치 노래〉는 매우 파격적이고 예외적이다. 〈댕기 노래〉를 비롯한 많은 구애의 노래에서 남자가 여자에게 구애(청혼)를 하고 있다면, 이 노래에서는 반대로 여자가 남자에게 구애(청혼)를 하고 있기 때문이다. 〈줌치 노래〉 속에서 여자는 해와 달, 별과 무지개를 따서 수를 놓은 주머니를 남대문에 걸어놓고 오르내리는 신구 감사들에게 팔고자 한다. 여기에서 해와 달로 수놓은 주머니를 팔겠다는 여자의 제안 역시 구애(청혼)의 수수께끼로 읽을 수 있다. 즉 여자가 구애자로서 수수께끼를 제시한다면 남자는 상대자로서 이 수수께끼를 푸는 해결자의 입장에 놓인다. 그러나 대부분의 노래에서 해결자인 남자는 제시자인 여자가 낸 수수께끼 의미를 제대로 간파하지 못하고, 또는 간파하더라도 이를 감당할 수 없어 주머니를 만지작거리기만 하다 사지 못하고 돌아선다.

지애씨가 낭을숨가 삼정승이 물을주서

가지가지 삼천가지 잎도피서 삼천잎에

한가지는 달이널고 한가지는 해가널고

한가지는 무지개서고 한가지는 새빌널고

한가지는 중빌널고 달랑따서 안을하고

핼랑따서 겉에달고 상필따서 중침놓고

중필따서 상침놓고 쌍무지개 선두리고

중작으로 끈을달아 서울끝에 치끼달아

남대문에 걸어놓고 올라가는 신감들아

중치귀경 하고가소 질이바빠 못합니다

니리가는 구감들아 중치귀경 하고가소

질이바빠 못합니다

[말] 참, 이중치를 누가짓소 순금씨가 지었다요

순금씨가 누딸이요 좌서빌관 맏딸애기 지었다요

[말] 중치가 어즈가이도(어지간히도) 엄정하고 좋습니다. 그기라. 얼매 안

돼요.

—상주군 낙동면 10, 『한국구비문학대계』 7-8

지애씨가 심은 나무에 삼정승이 물을 주었더니 삼천 가지가 벋어 삼천 잎
이 달리고, 여기에 해, 달, 별, 무지개가 달렸다고 한다. 그러므로 이 나무는
예사 나무가 아니라 신성성을 지닌 '우주목'이다. 이 나무에 열린 해와 달을
따서 안과 겉을 달고, 상별과 중별을 따서 상침, 중침을 박고, 무지개를 따서
끈을 달아 주머니를 만든다고 한다. 그러므로 이 주머니 역시 예사 주머니가
아니라 해, 달, 별, 무지개와 같은 신성적 존재를 담을 수 있는 '우주 주머니'

이다. 이 주머니를 다른 데도 아닌 서울의 관문인 남대문에 걸어놓고 구관과 신관에게 주머니를 판다는 것은 주머니의 임자가 해, 달, 별, 무지개처럼 뛰어난 사람이어야 한다는 조건을 함축하고 있다.

여자가 남자에게 주머니를 사라고 한다는 것은 일종의 구애(청혼)이다. 한 노래에서는 남자가 "저줌치를 지은솜씨 은을주랴 금을주랴" 하고 금은으로 대가를 치르려고 하자 여자가 "은도싫고 금도싫고 물명주 석자 이내허리 둘러주소."(안동 주머니 노래, 『조선민요연구』)라며 구체적인 암시로 성적 결합의 의사를 제시하기도 한다. 이 구애(청혼)가 성사되는 경우의 노래들은 대부분 이후 혼인에 대한 이야기로 이어진다.

이렇게 볼 때 〈줌치 노래〉에서 주머니는 아이를 잉태하는 여성의 자궁에 대한 은유이며, 해와 달을 수놓은 주머니를 팔겠다는 것은 해와 달과 같은 영웅이 될 수 있는 자식을 낳아주겠다는 수수께끼이다. 이는 원효가 제시한 "누가 자루 없는 도끼를 허락하면, 하늘을 받칠 기둥을 깎으리라"라는 수수께끼 노래와 유사한 발상으로 이루어져 있다. 원효는 이 노래를 통해 요석공주를 얻어 설총이란 위대한 인물을 낳을 수 있었지만, 〈줌치 노래〉를 들은 남자들은 이 엄청난 수수께끼의 속뜻을 풀어내지 못하기에 여자의 구애(청혼)는 번번이 실패하고 만다.

하지만 〈줌치 노래〉 중에는 이 수수께끼를 풀어내고 여자의 주머니를 삼으로써 혼인이 성사되는 다음과 같은 노래가 있어 주목된다.

대천지 한바닥에 뿌리없는 낭(나무)을숨거
잎이피니 삼백육십 가지버니 열두가지
그나무 열매는 해캉달캉 열었드라
해를따라 겉을대고 달을따다 안을대고
중별따다 중침놓고 상별따다 상침놓고
대구팔사 별매듭에 북두칠성 둘러싸고
한양서울 지어달라 권선달네 사랑앞에
가지없는 노송에 까치잡아 걸어노니
권선달네 둘째아들 풀떡뛰어 나달으매
그주머니 누가젓노(지었노) 저였니더 저였니더
그주머니 누가젓노(누가 만들었노)
저였니더 저였니더 유학열이 저였니더
그주머니 지은솜씨 삼백냥이 싸건마는
단오백냥 너받아라
어데있소 어데있소 그녀집은 어데있소
구름세상 돌아들어 안개세상 들어서니
월패두라 밝은달에 호령산이 그집이요
한번가도 못볼레라 두번가도 못볼레라
삼의시번 거듭가니 동네한칸 마루안에
사대지동 짚구섰네 (중략)
그인물을 다볼라만 무쇠라도 녹아난다
들게싫은 가매안에 앉게싫은 꽃방석에
넘게싫은 문경새재 한양서울 치어달라
들오라네 들오라네 대궐안에 들오라네

서라하네 서라하네 임금앞에 서라하네
삼의시번 절을하니 여두복숭 꽃이됐네

−안동시 서후면 20, 『한국구비문학대계』 7-9

이 노래는 서두에서 "대천지 한바닥에 뿌리없는 낭을숨거 / 잎이피니 삼백 육십 가지버니 열두가지 / 그나무 열매는 해캉달캉 열었드라"며 신화적 시간 과 공간을 제시한다. 대천지는 바다 또는 대지로서 '여성'의 상징이고, 뿌리 없는 나무는 '남성'의 은유로 볼 수 있다. 그러므로 이는 신화적 여성과 남성 의 결합을 암시한다. 그 나무에 삼백육십 개의 잎이 피고 열두 개의 가지가 벌어지고, 해와 달의 열매가 열렸다고 한다. 12달과 360일, 해와 달이라는 천체 우주의 시간과 공간의 질서가 마련되었음을 말한다. 그렇게 열린 해와 달, 별, 북두칠성을 따다 주머니를 만들었다고 한다. 이렇게 〈줌치 노래〉는 거대한 신화적 상상력과 수수께끼로 가득 차 있다.

여기에서 해, 달, 별로 만든 주머니를 만들어 판다는 것은 해, 달, 별과 같 이 뛰어난 영웅을 낳아주겠다는 은유적 표현이다. 이 주머니의 수수께끼를 풀어낸 사람(권선달네 둘째 아들)이 주머니를 지은 여자(유학열)의 집을 찾아 간다. 여자의 집 역시 수수께끼를 풀어야만 찾을 수 있다. 그녀의 집이 어디 있느냐는 질문에 '구름세상과 안개세상을 돌아들어 월패두와 호령산'에 있다 고 한다. 제보자의 말에 의하면 '월패두'는 '늘 밝은 달이 떠 있다고 하는 산' 이며 '호령산'도 산 이름이라고 한다. 여기에서도 '구름과 안개를 거쳐야 나오 는 늘 밝은 달이 떠있는 신비스러운 산'과 같이 여성 상징의 수수께끼적 표현 이 연달아 제시된다.

그러나 남자가 구름과 안개를 거쳐 어렵사리 찾아간 여자는 쉽게 자신을 드러내지 않는다. 삼세번을 찾아간 끝에 모습을 드러낸 여자는 그 모습이 빼어나게 아름다워 "무쇠라도 녹아난다"고 한다. 여기에서 "무쇠라도 녹아난다."는 표현 역시 성적 암시로 읽힌다. 결국 여자는 해와 달을 품은 우주 주머니를 만듦으로써 임금이 계신 곳에 나아가게 된다. 임금 앞에서 절을 하고, 복숭아꽃이 되었다는 것은 임금과 혼인을 하고 임금의 여자가 되었다는 말이다. 여자는 왕후가 됨으로써 마침내 우주 주머니를 만든 은밀하고 위대한 포부를 성취한다.

이처럼 〈줌치 노래〉는 구애자인 여자가 해와 달, 별로 만든 주머니를 통해 구애(청혼)의 수수께끼를 제시함으로써, 이 수수께끼의 속뜻을 알아맞힌 남자를 신랑으로 맞아들이는 노래로 읽을 수 있다. 특히 그 우주적 시간과 공간 속에서 태어난 나무에 열린 해와 달을 따서 주머니를 만든다는 거대한 상상력 속에는 바로 해와 달과 같은 영웅을 낳아줄 국량이 큰 인물을 기대하는 여자의 포부가 숨겨져 있다. 물론 이 노래 속 여자는 단순한 인물이 아니라 뛰어난 신모적 성격을 지닌 인물임은 두말할 나위 없다.

위 노래에서 해결자인 남자가 단지 중매자의 역할에 머무르고 결국 여자를 왕후감으로 천거하는 것은 이 수수께끼의 의미를 제대로 풀어냈기 때문이다. 대부분의 노래들에서 구감사(구관사또), 신감사(신관사또) 등의 관리들이 주머니를 만지작거리기만 하고 사지 못한 채 돌아서고 마는 것은 아마도 대부분의 남자들이 주머니가 품고 있는 여자의 위대한 포부를 받아들일 만한 국량이 못되었기 때문이 아닐까.

은밀하게 그리고 위대하게

　예전 유교적 이념과 사회적 체면으로 가득 차 있었던 근대 이전 사회에서 여성들의 노래판은 그러한 이념과 체면이 자리 잡을 수 없는 '해방공간'이었다. 조선조 사회에서 유교 사대부들은 오래 전부터 불려오던 민요들을 '남녀상열지사'라고 비난하며 순화니 정화니 하며 목소리를 높였지만, 오히려 이들 여성들의 노래는 '사대부들의 시부보다 더 순수하고 진실하다.' 사랑을 이야기하면서도 결코 음탕하지 않으며, 구애(청혼)를 하면서도 그 포부가 결코 편협하지 않다. 은밀하게 사랑을 묻고 위대하게 포부를 펼친다.

　〈댕기 노래〉와 〈줌치 노래〉, 두 노래에서 우리는 사랑의 방법을 배운다. 사랑은 두 사람만의 소중한 나눔이라는 것, 그래서 무엇보다도 귀하고 '은밀하게' 다루어야 한다는 것, 하지만 그와 동시에 사랑은 두 사람만의 것은 아니라는 것, 그래서 무엇보다도 '위대하게' 펼쳐나가야 한다는 것 – 마을로, 나라로, 우주로 한없이 뻗어나가는 결합의 고리라는 것. 너무나 원색적인 용어가 불쑥불쑥 튀어나와 차마 입에 담기 어려운, 순간적인 쾌락과 이기적인 욕망만을 좇는, 요즘의 노래들에게 이렇게 주문할 수는 없는 것일까. 사랑을 노래하라! 은밀하게 그리고 위대하게!

진주낭군가

: 시골 할머니와 도시 여대생을 잇다

울도담도 없는 집에 시집삼년을 살고 보니

시어머니 하신 말씀

애야아가 며느리아가 진주남강에 빨래가라

진주남강 빨래가니 벌도좋고 물도나좋아

오동동동 빨래하니 난데없는 발자욱소리

옆눈으로 슬쩍보니

하늘같은 갓을 쓰고 용과같은 말을 타고

본체만체나 지나가네

이꼴보는 며늘아는

흰빨래를 희게나빨고 검은 빨래는 검게시쳐(씻어)

집에라고 돌아오니

시어머님 하신말씀

애야아가 며늘아가 사랑방에 들어가라

사랑문을 열고보니 기생첩을 옆에나 끼고

오색가지 술잔놓고 본체만체나 술만먹네

이꼴보는 며늘아는 건너방으로 건너와서

명주서자(석자) 목에 걸고 목을 매여 죽었다네

이말을 들은 낭군님은 버신(버선)발로 뛰어나와

너죽을 줄 내 몰랐다

어화둥둥에 내사랑아 어화둥둥에 내사랑아

본처는 백년이요 둘째첩은 석달이라

너죽을 줄 내 몰랐다

어화둥둥에 내사랑아

어화둥둥에 내사랑아

어화둥둥에 내사랑아

-남원군 남원읍 12, 『한국구비문학대계』 5-1

5

시골 할머니와 도시 여대생을 잇다
〈진주낭군가〉

시공간을 뛰어넘어 함께 부른 노래

이 노래는 〈진주낭군가〉. 〈진주난봉가〉라고도 한다. 대학 새내기 시절 이
노래를 선배 언니에게서 처음 들었다. 단조로운 가락으로 낮게 읊조리며 부
르는 이 노래는 이상하게 가슴을 파고들었다. 노래 속 어리석고 못난 아내와,
기생첩 껴안고 권주가를 부르는 남편과, 이를 방관하거나 동조하는 시어머니
모두가 우리 시대가 청산해야 할 낡은 사회적 모순이라 여기며 때로는 애잔
하게, 때로는 울분을 토해내며 불렀다. 당시 이른바 운동권 여학생들이 '여성
해방'의 노래처럼 부르던 이 노래는 실상 평범한 시골 할머니들이 삼 삼으면
서, 밭 매면서, 빨래하면서 부르던 노래였다. 시골 할머니들과 도시 여대생
들이 시공간을 뛰어넘어 함께 이 노래를 '자신들의 노래'로 여길 수 있었던
이유는 무엇일까.

〈진주낭군가〉는 진주낭군을 만나기 위한 아내의 기다림과 시련, 만남에 대한 기대와 시도, 그 기대의 좌절과 죽음이라는 일련의 사건으로 이루어져 있다. 이 일련의 사건은 노래 속에서 서로 다른 네 개의 공간으로 건너가며 순차적으로 펼쳐진다. '울도담도 없는 집'에서 시집살이 삼년을 견뎌낸 아내는, 드디어 돌아오는 남편을 보기 위해 '진주남강'으로 빨래를 간다. 하지만 못 본 듯이 지나가는 진주낭군을 뒤쫓아 집으로 돌아온 아내는 '사랑방'에서 기생첩을 부둥켜안고 권주가를 부르는 남편을 목격한다. 결국 아내는 '건넌 방'으로 건너와 목을 매 자살을 한다.

왜 아내는 죽음을 택할 수밖에 없었을까. 〈진주낭군가〉는 서사민요 중에서도 비교적 젊은 중노인들에게까지도 잘 알려진, 전국적으로 보편화된 노래이다. 시골 할머니와 도시 여대생을 이어준 노래, 노래 속 무엇이 이들을 끌어당겼을까. 할머니들은, 여대생들은, 각기 노래 속에서 무엇을 찾았을까. 오늘은 바로 그 노래, 〈진주낭군가〉 속에 남겨진 '목소리 없는 말'의 흔적을, 그날 하루 노래 속 아내가 죽기 전 종종걸음 치며 다녔던 공간들을 따라 더듬어보려고 한다.

열려있지만 닫힌 공간: 울도담도 없는 집

울도담도 없는집에 석삼년을 살고나니
미나리꽃이 피었구나 시어무니가 하신말씸
아가아가 미느리아가 진주에남강에 빨래가라
진주남강 빨래를 갔디이

검은서답 검기씻거 흰서답은 희게씻거

-달성군 유가면 1, 『한국구비문학대계』 7-14

〈진주낭군가〉는 어느 각편이든 모두 "울도담도 없는집에 시집삼년을 살고 나니"로 시작한다. 다른 시집살이 노래들이 대부분 시집살이의 구체적 내용을 풀어놓는 데 반해 〈진주낭군가〉는 시집살이의 고난을 이야기하지 않는다. 시집살이의 내용은 오직 이 두 구절 "울도담도 없는 집에"와 "시집삼년을 살고나니"에 압축돼 있다. "울도담도 없는집에"는 집의 경계를 두를 만한 것이 없을 만큼 집안이 가난함을 단적으로 표현한다. 즉 울도 담도 없다는 것은 그 이외에도 집안에 변변한 것이 있을 리 없음을 비유적으로 나타낸다.

그런 집에서 "시집삼년"을 살았다는 것은 시집살이의 고난이 매우 컸음을 암묵적으로 말한다. 시집살이의 고난은 대개 그 요인이 단지 심리적인 데에만 있는 것이 아니라, 경제적인 문제가 겹쳐져 있다. 시댁이 하도 어려워서 다른 식구들 밥을 푸고 나면 자신이 먹을 밥은 없었다든가, 시어머니가 쌀독과 창고의 열쇠까지 관장하면서 끼니때마다 쌀을 조금씩밖에 내주지 않았다든가, 반찬을 장만하면서 조금 맛보았다가 시어머니에게 호되게 야단을 맞았다든가 하는 것들은 어머니들의 시집살이 체험담에서 나오는 공통적인 레퍼토리이다.

뿐만 아니라 "울도담도 없는집에"는 시집이 아무 데에도 의지할 수 없는 화자의 고독한 심리적 공간임을 대변한다. 울도 담도 없는 집은, 노래 속 여자에게는 자신에게 울이나 담이 되어줄 남편이 없는 공간이기도 하다. 울도 담도 없기에 열려져 있는 이 공간은, 그러나 여자에게는 조금도 벗어날 수 없는 닫힌 공간이다. 열려져 있지만 나갈 수 없는 공간, 울타리가 없지만 막혀져 있는 공간, 모순된 억압의 공간이 바로 예전 여자들에게 있어 시집이라는 공간이었다.

그러나 노래 속 여자가 그 누구에게도 의지할 수 없는 이 공간에서 삼년을 묵묵히 견뎌낼 수 있었던 것은 바로 언젠가는 남편-진주낭군이 돌아오리라는 기대와 믿음이 있었기 때문이다. 바로 그 순간, 노래 속 여자가 삼년이라는 세월 동안 온갖 심리적, 물리적 억압을 모두 이겨내고 드디어 진주낭군을 만날 기쁨을 누릴 그 순간이 드디어 코앞에 다가왔음을 노래의 첫 구절 "울도 담도 없는집에 시집삼년을 살고나니"는 함축적으로 제시한다.

낭만이 아닌 노동의 공간: 진주남강

바로 그 순간에 시어머니는 며느리에게 말한다. "애야아가 며느리아가 진주남강에 빨래가라" 진주낭군이 오실 것이니 진주남강에 빨래가라는 것이다. 시어머니는 왜 며느리를 진주남강으로 내보냈을까. 돌아오는 남편을 위해 맛있는 음식을 준비하고 곱게 머리 빗고 고운 옷으로 갈아입고 남편을 기다리는 것이 아내가 응당 해야 할 일이건만 시어머니는 며느리를 빨래터로 내보낸다.

어찌 생각해보면 한시라도 빨리 돌아오는 낭군을 맞이하기 위해 진주남강으로 나가 보라는 선처 같기도 하다. 하지만 그렇다면 빨랫감을 들고 나가서는 안 되지 않는가. 아내는 고운 옷 입고 어여쁜 모습으로 낭군을 맞이하러 나가지 못하고 빨랫감을 잔뜩 머리에 인 체 진주남강으로 쫓겨나간다. "벌도 좋고 물도나좋아"(대부분 "산도좋고 물도좋아"라고 함), 낭만과 사랑의 공간이 되어야 할 '진주남강'은 노래 속 아내에게는 조급한 마음으로 "오동동동"

빨래를 해야만 하는, 낭만과는 거리가 먼 노동의 공간이다.

강가에서 빨래를 하고 있는데 난데없는 말굽소리가 난다. 올려다보니 남편이 말을 타고 금의환향하는 모습이 보인다. 남편의 위의가 어찌나 당당하던지, "하늘같은 갓을쓰고 용과같은 말을타고" 있다. "구름같은 갓을쓰고 천왕같은 말을타고"라고 표현하기도 한다. 빨래터에서 남루한 옷을 입고 젖은 수건을 둘러쓴 초라한 행색의 아내에게 남편은 '하늘과 용', '구름과 천왕'처럼 우러러봐야 할 높은 존재로 여겨진다.

아내는 차마 초라한 모습으로 남편을 부를 수 없으며, 남편은 그런 초라한 아내를 아는 체 할 리 없다. 빨래하다 말고 일어선 아내를 보았음 직하건만, 무정하게도 남편은 본 체 만 체도 않고 지나가버린다. 심지어 "오시냐는 인사를 헝게 돌러도(돌아도) 안 보고 그냥" 가버린다.

> 아강아강 며늘아강 빨래라로 허로 가라
> 진주냇갈 빨래가니 물도 좋고 돌도 좋고
> 어주렁 퍼주렁 하노라니 진주낭군
> 구름같은 갓을 쓰고 천왕같은 말을 타고
> 엉그렁 정그렁 낼오시네
> 오시냐는 인사를 헝게 돌러도 안 보고 그냥 가네
>
> —함평군 나산면, 『한국민요대전』 전남 18-3

이처럼 '진주남강'은 꿈에서조차 그리던 낭군과의 아름다운 재회의 공간이 아니라, "흰빨래를 희게나빨고 검은 빨래는 검게시쳐"야 하는 노동의 공간이며, 낭군이 자신에게는 너무나 높고 멀리 있는 다른 공간의 존재임을 확인하는 결별의 공간이다.

우리가 아닌 당신들의 공간: 사랑방

아내는 빨래를 서둘러 끝내고 집으로 돌아간다. 빨래를 머리에 이고 대문 안으로 들어서는 며느리에게 시어머니는 "아가아가 미느리아가 진주낭군님 보실라거든 사랑방으로 들어가라"고 한다. 전통 사회에서는 한 집안에서도 내외가 함께 거처하지 못했다. 남자의 사랑방은 한 집안과 사회의 가부장권 을 행사하는 공간으로, 여자가 함부로 드나들 수 없는 '그들만의 공간'이었 다. 그 '사랑방'에서 남편은 집에 돌아오자마자 아내를 본체만체도 안하고 "오색 가지 안주를 놓고 일류기생을 옆옆에 앉히고" 즐기고 있다.

> 씻던빨래 어서씻거서 우리대문밖에서 들어가니
> 시어무니가 하신말씸이 아가아가 미느리아가
> 진주낭군님 보실라거든 사랑방으로 들어가자
> 였던(머리에 이었던) 서답(빨래)을 놔엤뿌고(놓아두고)
> 사랑문을 열고보니 오색가지 안주를놓고
> 일류에기상(일류기생)을 옆옆에앉아 본치만치 하는구나
> ─달성군 유가면 1, 『한국구비문학대계』 7-14

아내는 사랑방에서 남편의 옆자리에 앉아, 남편의 사랑을 독차지하고 있는 어여쁜 기생의 모습, 자신을 보고서도 아랑곳 않고 기생첩과 권주가를 부르 는 남편의 모습에 그만 "간장이 다 녹는다." 시어머니는 짐짓 자신에게 들어 가보라 하였지만, 아내는 차마 그 공간에 들어가지 못한다. 그 공간에는 자신 의 자리가 놓여있지 않기 때문이다. 그 공간은 남편과 내가 함께하는 '우리' 의 공간이 아니라, 나와는 다른 세계에 놓여 있는 '그들만의 공간'이었기 때

문이다.

> 집이라고 돌아오니 시어마니 하시는말씀
> 미눌아가 미눌아가 진주낭군을 볼라거든
> 아랫방으로 건너가라 아룻방으로 건너가니
> 진주낭군 거동보소 진주낭군 거동보소
> 기상첩을 옆에놓고 아홉가지 술에다가
> 열두가지 안주에다 저금땅땅 울리면서
> 권주가를 하시더니 다녹는다 다녹는다
> 본처일처 간장이 다녹는다
>
> ―장성군 남면 16, 『한국구비문학대계』 6–8

죽음 이후에야 찾은 '아내'의 자리

결국 아내는 "열었던 문을 굳쳐 닫고 아룻방으로 나러와서 / 밍주베 석자 목에 걸고 / 아홉 가지 약을 먹고 / 목을 메어"(위 각편 뒷 부분) 죽는다. 노래 속에서 아내의 공간은 '안방'이 아닌, '건넌방', '아랫방' 등으로 지칭된다. '안방'은 시어머니가 차지하고 있는 공간으로, 아내는 아직 제대로 된 안주인이 아니기에 들어설 수 없다. '안방'도 '사랑방'도 아닌 '건너'나 '아래'의 불확실한 경계에 어정쩡하게 서서, 자신의 제대로 된 자리를 찾지 못한 여자는 마침내 목숨을 끊고 만다.

나 자는 방에 들어와서 덮든 이불 내려 덮고

아홉 가지 약 타갗고

한 모금을 마셔보니 잔 뼤는 녹아나고

두 모금을 마셔보니 굵은 뼤는 솟구치네

−함평군 나산면, 『한국민요대전』 전남 18−3

할머니는 노래를 통해 아홉 가지 약을 먹은 아내의 처지에서 죽음의 순간
을 묘사한다. "한 모금을 마셔보니 잔 뼤는 녹아나고 / 두 모금을 마셔보니
굵은 뼤는 솟구치네"라고 한다. 죽는 순간의 고통을 죽어보지 않고서 어떻게
이리 적실하게 표현할 수 있을까. 몸속으로 파고든 약 기운으로 잔뼈가 녹아
나더니, 마침내는 굵은 뼈가 솟구치며 극명한 고통으로 몸부림치는 여자의
아픔이 또렷하게 전해진다.

이 말을 들은 남편은 버선발로 뛰어나와 "너죽을 줄 내 몰랐다 어화둥둥에
내사랑아 어화둥둥에 내사랑아 / 본처는 백년이요 둘째첩은 석달이라 / 너죽
을 줄 내 몰랐다 어화둥둥에 내사랑아"라고 후회한다. "본처는 백년이요 둘
째첩은 석달이라(삼년으로 나오기도 함)"며 참지 못하고 죽은 아내의 조급성
을 나무라기도 한다. 이 말은 어찌 보면 본처인 아내의 중요성과 가치를 말하
는 듯하면서도, 어찌 보면 남자들의 바람이나 축첩을 정당화하는 말로 들린
다. 남자의 바람이나 축첩은 기껏해야 석달(길어야 삼년)이니 그 정도는 참고
기다려야 한다는 말이 아닌가.

〈진주낭군가〉는 대부분 여자가 부르지만, 다음 경우는 〈논매는 소리〉의
앞소리 사설로 남자가 불렀다. 후렴으로는 한 구절마다 "어럴럴 상사디야"를
반복적으로 부른다. 〈진주낭군가〉의 전형적인 상투어구를 그대로 이으면서
도, 고려가요 〈정석가(딩하돌하)〉식 표현으로 죽은 이에 대한 기다림과 안타

까움을 절절히 노래한다.

> 어럴럴 상사디야(이하 /로 표기함)
> 기생첩은 석달이고 / 본댁처는 백년사랑 /
> 저건너저산이 평야가되면 / 죽었던사람이 살아올까 /
> 부뚜막에 흘린밥이 / 싹이나면 오실란가 /
> 병풍에 그린닭이 / 홰를치면 오실란가 /
> 바닷물이 마르게되면 / 죽었던사람이 살아올까 /
> 썩은새끼 목이나매어 / 너와나와 둘이죽자 /
>
> ─밀양군 무안면 19, 『한국구비문학대계』 8-7

저 산이 평야가 될 리 없고, 부뚜막에 흘린 밥에서 싹이 날 리 없으며, 병풍에 그린 닭이 홰를 칠 리 없고, 바닷물이 마르게 될 리 없다. 이루어질 수 없는 불가능한 사실을 들며 죽은 아내가 살아올 리 없음을 강조한다. 남편은 "썩은 새끼 목이나 매어 / 너와나와 둘이죽자"며 사랑을 맹세한다. 아내는 죽음 이후에야 비로소 남편의 사랑 노래를 들으며, 비로소 '아내' 본연의 자리를 찾는다. 이는 살아서는 남편으로부터 '사랑 노래'를 들을 수 없으며, 살아서는 '아내' 본연의 자리를 찾을 수 없다는 역설적 인식을 보여준다.

예전 시골 할머니들은 이 노래 속에서 무엇을 듣고 싶었을까. 죽어서나마 남편의 사랑 고백을 듣고 싶었을까. 단지 그 고백 때문에 아내는 노래 속에서 거듭거듭 죽어야 했던 걸까. 그보다는 오히려 죽어서라도 단지 '일꾼'이 아닌, '아내'로서의 본연의 공간, 본연의 자리를 찾고 싶었던 것은 아닐까. 7~80년대 도시의 여대생들은 이 노래 속에서 무엇을 찾고 싶었을까. 아내를 죽음으로 몰고 간 바람둥이 남편의 후회를 듣고 싶었을까. 단지 남자들의 '항복'을 받아냄으로써 '여성 해방'을 쟁취하기 위해서였을까. 그보다는 오히려 남편도, 아내도, 시어머니도 모두 불행했던 악습을 벗어버리고 남자와 여자 모두 행복하게 웃을 수 있는 '사람이 사람답게 사는 세상'을 노래했던 건 아닐까.

　시골 할머니들이 그리던 '아내 본연의 자리'와 도시 여대생이 바라던 '사람답게 사는 세상'은 둘이 아닌 하나이다. 시골 할머니와 도시 여대생이 꿈꾸는 세상은 〈진주낭군가〉를 통해 하나로 이어진다.

둘,

시집살이의 굴레를
벗어던지고......

사촌형님 노래
: 며느리들의 소통과 연대

형님온다 형님온다 분고개로 형님온다
형님마중 누가갈가까 형님동생 내가가지
형님형님 사촌형님 시집살이 어떱뎁까
이애이애 그말마라 시집살이 개집살이
앞밭에는 당추심고 뒷밭에는 고추심어
고추당추 맵다해도 시집살이 더맵더라
둥글둥글 수박식기 밥담기도 어렵더라
도리도리 도리소반 수저놓기 더어렵더라
오리물을 길어다가 십리방아 찧어다가
아홉솥에 불을때고 열두방에 자리걷고
외나무다리 어렵대야 시아버니같이 어려우랴
나뭇잎이 푸르대야 시어머니보다 더푸르랴
시아버니 호랑새요 시어머니 꾸중새요
동세하나 할림새요 시누하나 뾰족새요
시아지비 뾰중새요 남편하나 미련새요
나하나만 썩는샐세

귀먹어서 삼년이요 눈어두워 삼년이요
말못해서 삼년이요 석삼년을 살고나니
배꽃같은 요내얼굴 호박꽃이 다되었네
삼단같은 요내머리 비사리춤이 다되었네
백옥같은 요내손길 오리발이 다되었네
열새무명 반물치마 눈물씻기 다젖었네
두폭붙이 행주치마 콧물받기 다젖었네
울었던가 말았던가 베갯머리 소(沼)이졌네
그것도 소이라고 거위한쌍 오리한쌍
쌍쌍이 때들어오네

－경북 경산, 『한국민요집』 I

1

며느리들의 소통과 연대
〈사촌형님 노래〉

'시-월드' 속 며느리들의 은밀한 수다

몇 년 전 현대적이고 도회적인 여성의 표상처럼 여겨지는 탤런트 김남주 씨가 시할머니, 시어머니, 시아버지, 시누가 가득한 세칭 '시-월드'에서 겪어 나가는 '시집살이' 이야기를 다루고 있는 드라마 '넝쿨째 굴러온 당신(넝쿨당)'이 장안의 화제였던 적이 있다. 깔끔한 전문직 여성인 주인공 며느리조차 이 시-월드 속에서는 어찌할 수 없는 천생 '며느리'이다. 시할머니와 시어머니의 훈계를 묵묵히 받아들여야 하고, 시누들의 잔소리와 투정으로 시달려야 한다. 이러한 고통을 이겨낼 수 있는 유일한 버팀목은 바로 남편의 자신에 대한 전폭적인 지지와 무한한 배려이다. 시할머니와 시어머니, 시누들 앞에서 아내를 최우선으로 배려하고 감싸는 남편 방귀남(유준상 분)은 일약 '국민 남편'으로 등극하며 많은 아내들의 선망의 대상이 되었다. 시집살이를 다루는 드라마가 식상한 소재임에도 불구하고 거의 대부분 높은 시청률을 올리는 것은 바로, 지금 현재에도 여전히 시집살이가 가족의 주요 갈등이며, 여성들의 풀기 어려운 고민거리이기 때문일 것이다.

드라마 속 며느리가 시집살이를 견뎌낼 수 있는 유일한 돌파구가 남편의 사랑이라면, 전통 사회 여성들에게 시집살이를 견뎌낼 수 있었던 가장 큰 힘은 무엇이었을까. 그것은 남편의 사랑도, 친정식구들의 위로도 아니었다. 같은 또래, 같은 처지에 있는 여성들의 모임, '며느리 모임'이라 할 만한 여성들이 함께 모여 길쌈을 하고, 함께 모여 밭을 매면서 불렀던 노래였다고 할 수 있다. 노래 속에서는 평소에 시집식구들로부터 받았던 고통과 설움을 자유롭게 담아낼 수 있었고, 노래 속에서는 시집식구들에 대한 원망과 흉을 맘 놓고 볼 수 있었다. 노래는 시-월드 속에서 벗어날 수 있는 며느리들의 은밀한 수다였던 셈이다. 이 노래굿터에서 가장 많이 불렸던 레퍼토리가 바로 〈시집살이 노래〉였으며, 시집살이 노래 중에서 가장 쉽고 흔하게 불렸던 노래가 바로 〈사촌형님 노래〉이다.

시집살이의 고난과 설움

〈사촌형님 노래〉는 중등교육을 받은 한국인이라면 누구나 이 노래를 〈시집살이 노래〉라는 제목으로 떠올린다. 고등학교 문학 교과서(구인환 외 5인, 고등학교 『문학 하』, (주)교학사)에 나오는 이 노래를 노래로 부르지는 못하고 시처럼 읽으며 배웠다. 〈사촌형님 노래〉는 시집간 사촌형님이 근친(覲親)을 오는 데서 시작한다.

형님온다 형님온다 분고개로 형님온다
형님마중 누가갈까 형님동생 내가가지

—경북 경산, 『한국민요집』 I

근친은 시집간 여자가 처음으로 친정을 찾아오는 것으로, 예전 사회에서 근친은 그리 쉬운 일이 아니었다. 친정의 사촌동생은 가까이 지내던 사촌형님이 온다는 얘기를 듣고 동구밖 멀리 고갯마루에까지 형님을 마중나간다. 시집가기 전에는 매일같이 만나 함께 일도 하고, 함께 놀기도 하며 지냈을 사이일 터니 오랜만에 주어진 만남은 그동안에 쌓여있던 묵은 회포를 풀어낼 수 있는 황금과 같은 시간일 것이다.

동생은 무엇보다도 형님의 시집살이가 궁금하다. 이는 아직 시집을 가지 않은 처녀아이의 시집살이에 대한 호기심이기도 하고, 낯선 곳에서 시집살이를 하고 있는 사촌형님의 삶에 대한 걱정이기도 하다. "형님형님 사촌형님 시집살이 어떱데까" 하는 동생의 물음에 형님은 숨겨놓았던 자신의 속내를 털어놓는다.

이애이애 그말마라 시집살이 개집살이
앞밭에는 당추심고 뒷밭에는 고추심어
고추당추 맵다해도 시집살이 더맵더라
둥글둥글 수박식기 밥담기도 어렵더라
도리도리 도리소반 수저놓기 더어렵더라
오리물을 길어다가 십리방아 찧어다가
아홉솥에 불을때고 열두방에 자리걷고

—경북 경산, 『한국민요집』 I

시집살이의 어려움은 고추당추보다 맵다고 한다. 모든 것이 조심스럽기만 해서 둥글둥글한 수박식기에 밥을 담기도, 도리 소반에 수저 놓기도 어렵다고 한다. 오리 길을 걸어나가서 물을 길어오는 것도, 십리 길을 찾아가서 방아를 찧어오는 것도 어렵거니와, 식구들은 왜 그리 많은지 아홉 솥에 불을 때고 열두 방에 자리를 걷어야 한다. 어느 정도 과장은 있겠지만, 나이 어린 여자가 낯선 시집에서 감당해야 할 일들은 터무니없이 어렵고 가혹하기까지 했다. 그러나 이러한 육체적 고통은 차라리 견딜 만했다. 더 견디기 어려운 것은 정신적인 고통이었다.

> 시아버니 호랑새요 시어머니 꾸중새요
> 동세하나 할림새요 시누하나 뾰족새요
> 시아지비 뾰중새요 남편하나 미련새요
> 나하나만 썩는샐세 귀먹어서 삼년이요
> 눈어두워 삼년이요 말못해서 삼년이요
> 석삼년을 살고나니 배꽃같은 요내얼굴
> 호박꽃이 다되었네 삼단같은 요내머리
> 비사리춤이 다되었네 백옥같은 요내손길
> 오리발이 다되었네 열새무명 반물치마
> 눈물씻기 다젖었네 두폭붙이 행주치마
> 콧물받기 다젖었네 울었던가 말았던가
> 베갯머리 소이졌네 그것도 소이라고
> 거위한쌍 오리한쌍 쌍쌍이 때들어오네

—경북 경산, 『한국민요집』 I

머느리에게 시집식구는 '호랑새, 꾸중새, 할림새, 뾰족새, 뾰중새'로 느껴
질 만큼 두렵고 무서우며 까다로운 존재로 여겨진다. 게다가 유일하게 자기
편이라 믿었던 '남편 하나'조차 '미련새'로 아무런 도움이 되지 않는다. '남편
하나 미련새요 나하나만 썩는샐세'라는 대목에서 시집살이의 고통으로 새까
맣게 타들어간 한 여자의 가슴속을 들여다보게 된다. 이 고통에서 벗어날 수
있는 유일한 방법은 '귀머거리 삼년, 장님 삼년, 벙어리 삼년'이라고 듣지도,
보지도, 말하지도 않으며 석삼년 동안 참아내는 것이다.

　그렇게 시집살이 석삼년을 살고 나니, 배꽃같이 곱던 자신의 얼굴이 호박
꽃처럼 추하게 변하고, 삼단같이 검고 길던 자신의 머리가 비사리(싸리 빗자
루)처럼 뭉그러졌으며, 백옥같이 희던 자신의 손이 오리발처럼 거칠게 되었
다고 한다. 얼마나 울었던지 자신이 흘린 눈물이 오리 한쌍 거위 한쌍 떠들어
올 정도로 큰 연못(소)이 되었다고 하는 대목에서는 자신의 슬픔을 해학과
관조의 웃음으로 뛰어넘는 초연한 모습의 화자를 만나게 된다.

　〈사촌형님 노래〉는 대부분 이와 같이 관용적 표현으로 이루어진 사설을 통
해 여성들이 보편적으로 겪는 시집살이의 경험을 객관화하여 드러낸다. 그러
나 작품에 따라서는 이러한 관용적 어구에 얽매이지 않고 창자 자신이 실제
겪은 시집살이 체험을 녹여 자기화하여 부르기도 한다. 〈사촌형님 노래〉가
오래도록 살아남아 전승될 수 있었던 데에는 이처럼 노래 속에 '남'의 이야기
가 아닌 '나'의 이야기를 풀어낼 수 있었기 때문일 것이다.

　　형님형님 사촌형님 시집살이 어떻든가
　　야야야야 말도마라
　　빈껍데기 문단집에 오막살이 문단집에

어렵기도 어렵기도 시절없이 어렵도다

시집살이 할라보니

꼬치같이 매운시어머니 말도많고 숭도많고

양잿물같은 시아밧님은 걱정근심도 더많더라.

시집살이 할라하니 구석구석 원망이요 속단속단 절망이라

이저리 살아보니 이팔청춘 다지나고 백발이 홍성하니

가엾기도 한량없고 슬프기도 한량없다

-예천군 개포면 5, 『한국구비문학대계』 7-18

시집살이가 어떠하냐는 사촌동생의 물음에 형님은 "어렵기도 어렵기도 시절없이 어렵도다"라고 대답한다. 이어서 "고치같이 매운 시어머니 말도많고 숭도많고 / 양잿물같은 시아밧님은 걱정근심도 더 많더라 / 시집살이 할라하니 구석구석 원망이요 속단속단 절망이라"고 덧붙인다. 하는 행동마다 흉을 잡히고 걱정을 들어야 하는 시집살이로 이팔청춘을 다 지나고 백발이 성성하게 된 자신의 모습이 가엾기도 한량없고 슬프기도 한량없다고 한다. 며느리들은 이렇게 누구에게도 할 수 없었던 자신의 시집살이 이야기를 〈사촌형님 노래〉를 통해서 털어놓을 수 있었다. 이것은 실제의 '나'가 아닌 가상의 사촌형님과 동생이라는 '노래' 속 인물의 목소리를 빌 수 있었기에 가능했다.

형님형님 사촌형님 시집살이가 어떱디까

애고 얘야 말 말어라

명주치마 열두폭이 눈물콧물 다 젖었네

고추당추 맵다해도 시집살이만 하올소요

애고 답답 내 신세야 이를 어이 하단말가

먹을 것이 하두 없어 풋보리를 훑터다가

가마솥에 들들 볶아 절구에다 집어넣고

쿵쿵 찧어 밥을 한들 시부모님 대접하구

시동생들 시누이를 주고 나니 나 먹을 건 하나 없네

밥솥에다 물을 부어 휘휘 둘러 마시고 나니

한심하기 짝이 없구 불쌍한 건 인생이라

이런 세월 지나가고 좋은 세월 돌아오면

마음대로 먹고 살 날 언제언제 오려느냐

　　　　　　　　　　　　　　－포천시 가산면, 『경기도의 향토민요』 하

　　노래 속 사촌형님의 목소리를 빌어 가창자는 "명주치마 열두폭이 눈물콧물 다 젖었네 / 고추당추 맵다해도 시집살이만 하올소요" 하며 〈시집살이 노래〉에 흔히 나오는 관용어구로 시집살이를 표현한다. 곧 이어서, "먹을 것이 하두 없어 풋보리를 훑터다가 / 가마솥에 들들볶아 절구에다 집어넣고 / 쿵쿵 찧어 밥을한들 시부모님 대접하구 / 시동생들 시누이를 주고나니 나먹을건 하나없네 / 밥솥에다 물을 부어 휘휘둘러 마시고나니" 하며 실제 체험하지 않으면 나오기 힘든 생활의 모습을 솔직하게 풀어내고 있다. 가창자는 이로 인해 자신의 신세를 답답하게 여기며 자신의 인생을 한심하기 짝이 없다고 토로한다. 힘들여 지은 밥을 시집식구들에게 우선적으로 대접하고 자신은 밥솥에다 물을 부어 마시며 허기를 달래야 하는 현실은 비단 노래를 부른 가창자만의 것이 아니라, 예전 우리네 대다수 어머니들이 겪어야 하는 고난이고 설움이었다. 가난한 것이 서러운 것이 아니라, 유독 자신만이 굶어야 하며 아무도 그것을 위로하지 않는다는 것이 서러웠다. 그래서일까. 많은 수의 또 다른 〈사촌형님 노래〉에 사촌동생이 시집살이로 지친 형님에게 정성껏 마련한 푸짐한 상을 장만해 대접하는 내용이 나오는 것은.

사랑으로 차린 최고의 밥상

〈사촌형님 노래〉에서 사촌동생은 오랜만에 친정에 돌아온 형님에게 정성
들여 음식을 장만해 대접한다. 사촌동생이 마련한 밥상은 비록 진수성찬은
아니지만, 어쩌면 우리 현실 속 며느리들이 늘 꿈꿔오던 '신의 만찬'과 같은
것이었다.

> 성님성님 사촌성님 분고개로 형님오네
> 형님마중 누가가나 반달겉은 내가가지
> 형님점심 누가하나 반달겉은 내가하지
> 무엇으로 밥을짓나 일시같은 젓니밥에
> 앵두같은 팥을넣고 앞바다에 대구잡어
> 국끼리고 뒷동산에 굽이고사리 뽁어놓고
> 형님형님 많이잡숴 형님형님 나두먹고 형님도 먹고
> 많이많이 잡숫구서 오래오래 살어가요
> ─정선군 북평면, 『강원의 민요』 I

동생이 형님을 위해 마련한 밥상은 팥이 들어간 쌀밥에, 대구국과 고사리
반찬이 전부이다. 모두 손수 잡고 캐온 것이다. 그러나 시집에서 늘 눈칫밥을
먹어야했던 형님에게 이 밥상은 '왕후의 밥상'과 다를 바 없다. 서로를 위하

고 아끼는 사람끼리 오순도순 둘러앉아 나누는 사랑의 밥상이 진정 '밥상 다운 밥상'이요, '최고의 밥상'이 아니겠는가. 동생은 "형님형님 많이 잡숴 / 형님형님 나두먹고 형님도 먹고 / 많이많이 잡숫구서 오래오래 살어가요."라며 형님과 동생이 밥을 함께 나눠먹으며 오래 살아가기를 기원한다. 비록 혼인으로 인해 떨어져 지내기는 하지만 서로가 힘든 삶을 잘 이겨내기를 바라는 배려와 연대의 마음이 깃들어 있다. 가깝게 지내다 혼인으로 인해 서로 헤어져 살게 된 사촌형님과 동생은 이런 노래를 통해 서로에 대한 우애를 확인하고 그 관계가 변함이 없기를 다짐하게 되는 것이다. 또한 그로 인해 힘겨운 시집살이로 지친 정신과 몸을 위로하고 위안 받게 되는 것이다.

성님성님 사촌성님 성님마중 누가가나
반달같은 내가가지 성님성님 우리성님
시집살이 어떠하나 시집살이는 좋다마는
말끝마다 눈물이네 성님오네 성님오네
성님반찬 뭘루하나 열두그물 낚아다가
굵은고긴 토막치고 잰고기는 그냥놓고
응달끝에 큰고사리 양지끝에 올고사리
뚝뚝꺾어 슬쩍데쳐 지름간장 슬슬볶아
성님반찬 올려놓고 샛불같은 더덕짠지
성님상에 다올리고 앵두같은 팥을삶고
맵시같은 흰밥에 성님반찬 다해놓고
우리성님 성님성님 시집살이 어떠하나
시집살인 좋다만은 앵두같은 팥밥이두
목구멍에 안넘어가대

시집살이 원통하고 절통하대

-인제군 상남면, 『강원의 민요』 I

노래 속에서 사촌형님은 "시집살이 좋다만은 / 앵두같은 팥밥이두 목구멍에 안넘어가대"라고 표현한다. 시집에서는 아무리 좋은 음식조차 목구멍에 넘어가지 않을 정도로 마음이 편치 못하다. 비록 좋은 반찬은 아니나마 사촌동생이 손수 차려준 소담한 밥상이 '최고의 밥상'인 이유가 여기에 있다. 여기에서 사촌동생과 형님이 함께 음식을 나누는 행위는 단순히 생리적인 욕구를 채우기 위한 것이 아니다. 이는 서로가 음식을 함께 나누는 '식구'임을 확인하는 행위이며, 서로의 고통과 슬픔을 공유하고 소통하는 행위이다. 음식을 함께 나눔으로써 일상의 억압으로부터 해방되어 서로의 진심을 나눌 수 있게 되기 때문이다. 그러므로 〈사촌형님 노래〉의 많은 작품이 사촌형님에 대한 접대 뒤에 사촌형님의 시집살이 한탄을 노래하는 것은 이러한 소통의 행위를 노래로 대신하는 것이다. 음식의 성찬과 말의 성찬을 함께 나눔으로써 사촌형님과 동생은 하나가 되며, 서로를 배려하고 연대한다.

성님성님 사촌성님 분고개로 성님오네
나부같은 말을타고 분고개로 성님오네
성님마중을 누가가나 반달같은 내가가요
성님진지는 뭘로짓나 여주 차차쌀(찹쌀)을
돌절구에다 실구실어 성님진지 지어놓구 (중략)
쇠뿔같은 더덕장아찌 성님상에 다올랐소
쥐었다폈다 고사리나물 살살씻어 토란나물
성님상에 다올렸으니 성님진지 많이잡수

성님성님 사촌성님 시집살이가 어떱디까
시집살이는 괜찮더라만 고추당초가 들맵더라
시집 삼년 살고나니 삼단같은 요내머리가
비소리춤이 다됐구나 외꽃같은 요내얼굴이
시집살구나니 미나리꽃이 다됐구나
분길같은 요내손이 시집삼년 살다보니
북두갈꾸리가 다됐구나

—홍천군 동면, 『강원의 민요』 I

　사촌동생은 형님에게 "쇠뿔같은 더덕장아찌 성님상에 다올랐소 / 쥐었다 폈다 고사리나물 살살씻어 토란나물 / 성님상에 다올렸으니 성님진지 많이잡수" 하며 진지를 많이 드시라고 권한다. 사촌동생이 형님을 위해 음식을 손수 마련해 대접하는 행위는 형님에게 바치는 최상의 사랑의 표현이다. 자신이 아닌 누군가를 위해 밥을 짓고 밥상을 차린다는 것은 사랑이 없고서는 불가능한 일이다. 아내가 남편을 위해, 어머니가 자식들을 위해 짓는 따뜻한 밥과 정성어린 반찬은 바로 이 사랑에서 비롯된 것이다. 하지만 아는가. 아내도, 어머니도 이따금 한번씩은 그런 사랑 어린 밥상을 받아보고 싶어 한다는 것을…… 당신은 아내에게, 어머니에게 한번이라도 그런 사랑 어린 밥상을 차려 본 적이 있는가.

더 넓은 소통과 연대를 위하여

시집살이를 아직 겪어보지 못한 어린 여자 아이들은 〈사촌형님 노래〉 속 사촌형님의 목소리를 통해 시집살이를 배웠다. 노래를 통해 여자 아이들은 시집살이가 사랑하는 남자와 여자가 만나 맺는 사랑의 결실이 아니라 친정과 친구들과 떨어져 벙어리, 귀머거리, 장님으로 살아야 하는 억압의 삶임을 깨달아 나갔다. 즉 〈사촌형님 노래〉를 통해 어린 여자아이들이 가졌을 법한 사랑과 혼인에 대한 낭만적 환상을 깨뜨리고 현실적 자아를 확립해 나갈 수 있었다.

그러나 〈사촌형님 노래〉에는 이러한 억압만 있는 것은 아니다. 앞에서 살펴본 것처럼 〈사촌형님 노래〉 속에는 사촌 동기간의 진정한 우애와 위로가 담겨있기도 하다. 이 땅의 며느리들은 이 노래를 함께 부름으로써 같은 처지의 여성들과 소통하고 연대하며, 아무리 어려운 시집살이라도 견뎌낼 수 있는 희망과 용기를 얻었다.

> 형님오네 형님오네 분고개로 형님오네
> 형님마중 누가가나 반달같은 내가가지
> 니가어디 반달이냐 초상달이 반달이지
> 형님형님 사촌형님 시집살이 어떻던가
> 야야동상 말도말게 시집살이 살고나니
> 행주초마 열닷죽이 눈물콧물에 다쳐졌대
> 형님반찬 뭘로하나
> 응달밑에 응고사리 양지쪽에 양고사리

쇠뿔같은 더덕짠지 외씨같은 진지밥에
우리집에 닷죽한죽 뒷집에 닷죽닷죽
닷죽닷죽 열닷죽이 형님반에 다올렀네

−양양군 현북면, 『강원의 민요』 II

　노래 속에서 사촌동생은 사촌형님이 오는 분고개로 마중을 나가며, 사촌형
님을 위해 갖은 음식을 장만해 뒷집 식기를 빌려서까지 형님 상에 다 올린다.
이렇게 자신을 정성껏 맞이하고 자신을 걱정해주는 동생이 있기에 사촌형님
은 자신의 시집살이를 솔직하게 털어놓고 시집살이를 잊을 수 있었다. 형님
과 동생 사이의 만남과 소통을 통해 시집살이의 아픔은 잊을 수 있게 된다.
이 노래에서 시집살이의 고통은 매우 짧게 처리되는 반면 사촌형님을 위한
사촌동생의 상차림이 길게 서술되는 것은 바로 이 때문이 아닐까 한다. 할머
니나 어머니를 통해 어린 여자아이에게 전승되는 〈사촌형님 노래〉는 이렇게
시집살이의 고통을 여자들 간의 소통과 연대를 통해 풀어나갈 것을 가르치고
있다. 여자 아이들은 이렇게 배운 노래를 시집가기 전에 친구들이 모인 자리
에서, 그리고 시집간 후 같은 또래의 여자들이 모인 자리에서 함께 부르면서
서로간의 아픔을 공유하고 치유할 수 있었던 것이다.

　그러나 지금 우리는 어떠한가. 우리는 어느덧 '우리의 노래'를 잃어버렸다.
서로 함께 어울려 부르며, 함께 손뼉치고 눈물 흘리며 하나가 되던 '참 노래'
를 잃어버렸다. 노래는 더 이상 소통하고 연대하던 본래의 기능을 지니지 못
하고 있다. 누구나 제 각기 자신만의 이어폰을 꽂고 '누군가의 노래'를 듣는
다. 그 노래는 '내 노래'가 아닌 '남의 노래'이다. 나와 너의 벽을 넘어서 우리
가 되는 노래, 서로의 아픔을 함께 나누고 치유하는 노래, 지금 우리에게도
그런 '우리의 노래'가 필요하다. 더 넓은 소통과 연대를 위하여.

경상감사 사위 노래
: 가문보다 소중한 자존감

딸네야딸네를 곱기키와 경상감사 사위를삼아
구름잡아서 말을타고 바람잡아 말채들고
하날겉은 갓을들고 바람아재를 넘어가니
장인장모 밭츨매네 못보나듯이 지내가니
저계야가는 저사우는 어이저리 드높은고
아지내공공 민망해서 온절반절 못할소냐
우리딸은 재간좋아 하리(하루)나절 밍지비(명주베)를
신대자(쉰다섯자)를 매고짠데

집이라꼬 돌아와서 대문안에 들어서서

반달아겥은 아들보니 반절이나 하시더마

온달겥은 아내보니 온절이나 하시더마

저거아내 하는말이

자기야가문 높다해도 천장백이 더높겠소

우리야가문 낮다해도 지하백이 더낮겠소

—선산군 고아면 33,『한국구비문학대계』7−16

2

가문보다 소중한 자존감
〈경상감사 사위 노래〉

신데렐라의 불편한 진실

"장가는 얕게 들고 시집은 높게 가랬다."

흔히 들어오던 속담이다. 그래서인가. 며느리는 되도록 자신의 집안보다 낮은 집안에서 데려왔고, 사위는 되도록 자신의 집안보다 높은 집안에서 구했다. 혼인은 한 개인과 한 개인의 맺음이 아니라 가문과 가문의 맺음이요, 가문의 번성과 영달의 기회이기도 했다. 이러한 잇속을 따져 혼인하는 것은 요즘에도 크게 달라지지 않았는지, 인기드라마의 정석 중 하나가 '신데렐라' 형 이야기이다. 형편이 어려운 집안에서 태어난 여자가 재벌 집 아들과 혼인함으로써 신분이 상승되는 이야기는 이제쯤은 식상할 만한 소재이건만, 주인공을 달리하여 판만 바꾸어놓으면 시청자들은 영락없이 이들 드라마에 빠져든다.

시청률 40%를 넘었다는 주말드라마 〈내 딸 서영이〉에서 서영이는 재벌집 아들과 혼인하며 부끄러운 자신의 아버지를 숨기며, 〈청담동 앨리스〉에서 한세경은 청담동에 입성하기 위해 재벌 신분의 남자에게 의도적으로 접근한다. 서영이와 세경이가 저지른 행위가 분명 큰 잘못임에도 불구하고 그들을 동정하며 그들이 무사히 재벌 자제와의 사랑에 성공하고 재벌가의 안방마님으로 '안착'하기를 바라는 것은, 그들의 성공 속에서 우리의 꿈도 이루어질 수 있으리라는 희망을 품기 때문이다. 이는 신분 상승을 욕망하는, 우리 안에 자리 잡은 속물적 성격을 아주 잘 드러내는 것이라 할 수 있다.

그러나 과연 그 꿈은 현실적인가. 서영이나 세경과 같은 아주 평범한, 아니 오히려 평범한 중산층에도 들기 어려운 여자가 재벌집 아들과 만나 사랑에 빠지고 결혼에 이른다는 것이 과연 가능한가. 그렇게 혼인한 그들은 동화 속 주인공들처럼 "그 후로 영원히(ever after)" 행복하게 잘 살 수 있을까. 아주 가난한 집의 딸이 인구의 1%도 안 되는 재벌집 아들과 만나 혼인에 성공하게 될 확률은 0.001%에도 미치지 못하며, 그렇게 혼인한 남녀가 서로를 이해하며 영원히 행복하게 잘 살게 될 확률 또한 0.0001%에도 미치지 못한다는 것이 우리가 깨달아야 할 '불편한 진실'이 아닐까. 이러한 '신데렐라의 불편한 진실'을 이야기하고 있는 노래 – 그 노래가 바로 〈경상감사 사위 노래〉이다.

장인장모를 못 본 체 지나치는 사위

현실 속에서 이루지 못하는 꿈을 허구에서나마 이루고자 하는 것이 설화이고, 소설이고, 드라마이다. 〈콩쥐팥쥐〉나 〈신데렐라〉가 그러했고, 〈춘향전〉이 그러했으며, 〈내 딸 서영이〉나 〈청담동 앨리스〉가 그러하다. 설화나 소설이 꿈을 그리고 있다면, 노래는 현실을 그린다. "이야기는 거짓말, 노래는 참

말"이라는 할머니들의 말처럼 노래는 신데렐라의 '꿈'이 아닌 '현실'을 이야기한다. 〈경상감사 사위 노래〉는 곱게 곱게 키운 딸을 지체 높은 가문으로 시집보낸 어느 부모가 경상감사가 된 사위로부터 무시를 당하는 내용으로 되어 있다. 노래는 다음과 같이 전개된다.

> 가) 장인장모가 밭을 매는데 사위가 못 본 체하고 지나간다.
> 나) 장인장모가 절도 하지 않고 가는 사위를 원망한다.
> 다) 남자가 집에 돌아오니 아내와 자식이 나와 영접한다.
> 라) 아내가 남편에게 항의한다.

　노래는 장인장모가 밭을 매고 있는데 사위가 못 본 체 하고 지나가는 장면에서 시작된다.

> 딸네야딸네를 곱기키와 경상감사 사위를삼아
> 구름잡아서 말을타고 바람잡아 말채들고
> 하날겉은 갓을들고 바람아재를 넘어가니
> 장인장모 밭츨매네 못보나듯이 지내가니
> 　　　　　　　　　　　　　－선산군 고아면 33, 『한국구비문학대계』 7-16

　여기에서 "구름잡아서 말을 타고 바람잡아 말채들고 / 하날겉은 갓을들고"와 같은 표현은 경상감사 사위에 대한 장인장모의 시각이 이입된 것이다. 밭에 엎드려 잡초를 매고 있는 장인장모에게 사위는 손을 뻗쳐도 닿을 수 없는 높고 먼 곳에 있다. 장인장모가 밭을 매고 있다는 것은 처갓집의 가세가 넉넉지 않은 집안임을 단적으로 말해준다. 그런 장인장모에게 사위는 하늘, 바람,

구름과 같은 가까이하기 어려운 높고 귀한 존재이다.

그러나 아무리 귀한 신분의 존재라 하더라도 장인장모에게 사위는 자식과 같은 항렬이다. 당연히 말에서 내려 예를 갖추고 지나가야 하는 것이 사위의 도리이다. 그걸 기대했건만 사위는 '못본 듯이 지나간다.' 이에 장인장모는 사위를 향해 혼잣말처럼 원망의 말을 쏟아낸다.

> 저게야 가는 저사우는 어이저리 드높은고
> 아지내공공 민망해서 온절반절 못할소냐
>
> —선산군 고아면 33, 『한국구비문학대계』 7-16

지나가는 사위에게 절도 하지 않고 가느냐고 원망을 하지만 사위가 귀 기울 리 만무하다. 사위가 장인장모를 못 본 체하고 지나간 이유는 무엇일까. 예전에는 처가가 자신의 집안보다 낮은 집안일 경우 사위는 장인장모를 보고도 '하게'체를 썼다. 장인장모가 자신보다 윗사람인데도 가문이나 문벌을 더 중요시했던 것이다. 그러므로 장인장모가 밭을 매는 모습을 보고서 못 본 체하고 지나가는 것이다. 속담에 '장인 보아도 뒤로 절한다.', '장인의 상투 묶듯'이란 말이 있는데, 이는 사위가 장인을 중요시하지 않고 대하는 것을 빗댄 말이라고 할 수 있다. 경상감사 사위의 체신으로서 가난하고 지체가 낮은 장인장모에게 절을 하는 것은 위신이 깎이는 일이라고 생각했을 것이다.

하지만 장인장모는 사위가 아무리 경상감사라고 해도 자신의 딸 역시 그에 조금도 뒤지지 않는 귀한 딸이라고 생각한다. 서두에서 "딸네야딸네를 곱기 키와" 하고 자신의 딸을 곱게 키웠음을 강조한다든지 "우리딸은 재간좋아 / 하리와청 밍지비를 신대자를 매고짠데(하루나절 명주베를 쉰다섯자를 매고 짠데)" 하고 딸의 재주를 자랑하는 대목이 그것이다. 그러나 여기에서도 역시 딸과 사위, 여자 집안과 남자 집안의 차이가 여전히 드러난다. 즉 딸의 재주는 노동의 실력으로서, 평민의 집안에서 자랑할 만한 것이지 지체 높은 양반의 집안에서 볼 때 베 짜는 노동은 여종들이나 하는 것으로 밖으로 내세울 만한 재주라고 할 것이 못되기 때문이다. 그러므로 장인장모가 하는 딸자랑은 경상감사가 된 사위의 집안에 미칠 수 없는 자신들만의 넋두리에 그칠 뿐이다.

더구나 가문과는 상관없이 사위는 처가에서 무조건 떠받드는 존재이기도 했다. '처가에는 무존장(無尊長)이라'(사위에게 처가에서는 높이 떠받들어 모실 사람이 없다), '처갓집 세배는 보름 쇠고 간다', '처갓집 세배는 보리누름에 간다', '처갓집 세배는 살구꽃 피어서 간다', '처갓집 세배는 한식 지나고 간다.', '처갓집 세배는 앵두 따가지고 간다.' 등의 속담에 잘 나타나 있듯이 아들을 둔 집과 사위는 처가를 무시하는 것이 다반사였다. '딸사돈은 굽사돈이고, 아들 사돈은 뻗사돈이라'라는 말에서처럼 딸을 시집보낸 쪽에서는 굽신거리고 아들을 장가보낸 쪽에서는 뻣뻣하게 행동을 했다. '딸을 둔 죄인'이라고 딸을 둔 부모는 딸이 시집에서 흠이라도 잡힐까 늘 걱정을 했고, 딸이 시집식구들과 남편에게 귀여움과 사랑을 받기를 바랐다. 그러므로 자신들이 사위와 사돈집에서 아무리 무시를 당하더라도 제대로 반발을 하지 못하고 감수해야 했던 것이다.

남편에 대한 아내의 항변

노래의 후반부는 장인장모와 사위의 만남 장면에서 곧장 집에 돌아온 남편과 아내의 만남 장면으로 전환된다.

> 집이라꼬 돌아와서 대문방에 들어서서
> 반달겉은 아들보니 반절이나 하시더마
> 온달겉은 아내보니 온절이나 하시더마
>
> —선산군 고아면 33, 『한국구비문학대계』 7-16

남편이 집에 돌아오니 어여쁜 자식과 아내가 나와 절을 하며 영접한다. 장인장모에게 온절은커녕 반절도 하지 않고 온 자신과는 대조되는 모습이다. 이에 남편은 아내와 아들의 깍듯한 모습에 장인장모에게 인사도 하지 않고 지나쳐 온 자신의 모습을 돌아보게 된다. 노래에는 남편의 말이 생략되어 있지만 아내는 남편이 자신의 친정부모에게 인사도 하지 않고 지나쳐 온 것을 알게 된다. 이는 자신의 친정부모뿐만 아니라 자신의 가문을 무시한 것이기에 아내는 남편에게 항의한다.

> 자기야가문 높다해도 천장백이 더높겠소
> 우리야가문 낮다해도 지하백이 더낮겠소
>
> —선산군 고아면 33, 『한국구비문학대계』 7-16

가문이 아무리 높아도 하늘 아래에 있고, 가문이 아무리 낮아도 지하 위에 있으니, 하늘과 땅의 관점에서 볼 때는 가문의 높낮이가 아무것도 아니라는 것이다. 가문과 벼슬을 내세워 거들먹거리는 양반 남편에게 평민 아내가 한 말은 매우 혁신적인 생각을 담고 있다. 여기에는 높은 가문의 사위가 낮은 가문의 장인장모에게 하대를 하는 당시 풍습에 대한 반발과 비판이 배어난다.

또 다른 각편에서는 장인장모를 모른 체하고 온 사위(남편)가 아내와 딸이 영접하는 모습을 보고 후회하는 모습을 그리기도 한다.

> 진주단성 안림고개 재인(장인)장모가 밭을매네
> 넘기썼던갓 숙이쓰고 가는말기다(가는 말에다) 체질(채찍질)하네
> 동구밖에 썩들어서니 아들애기가 연집(영접)하고
> 대문밖에 썩들어서니 꽃겉은딸애기 연집하네
> 마당가운데 썩더가니 반달겉은 우리아내
> 잇는모삽이(웃는 모습이) 더우조네(더욱좋네)
> 어허불쌍 잘못했네 참절이사 못하나마 반절이나 하고올걸
> 우리부모가 그절받아 철년살고 말년살이
>
> ―거창군 웅양면 9, 『한국구비문학대계』 8-5

서두에서 사위는 장인장모가 밭을 매는 것을 보고서 "넘기썼던갓 숙이쓰고 가는말기다(가는 말에다) 체질(채찍질)하네" 한다. 사위가 장인장모를 보고도 말에서 내려 절하기가 싫어 '넘겨서 썼던 갓을 숙여 쓰고 잘 가는 말에다 채찍질 한다'는 것이다. 길에서 만난 사람을 못 본 체 하고 지나갈 때 흔히 보이는 모습이다. 다음으로는 사위의 시선으로 장면이 바뀐다. '동구밖에 들어서니 아들애기가 영접하고 / 대문안에 들어서니 꽃 같은 딸애기가 영접하며 / 마당 가운데 들어가니 반달 같은 아내가 웃는 모습이 더욱 좋다'고 한다. 그제야 사위는 "어허불쌍 잘못했네 / 참절이사 못하나마 반절이나 하고올걸" 하고 장인장모에게 인사하고 오지 않은 것을 후회한다. 하지만 그 역시 진정한 반성은 아니다. 절을 제대로 하겠다는 것이 아니라 "반절이나 하고 올 걸" 그랬다는 후회이니 장인장모에 대한 존경이나 예우의 감정은 전혀 담겨 있지

않다.

이 각편에서도 아내는 이런 남편의 인식과 태도가 잘못되었음을 다음과 같이 항의한다.

> 우리부모가 그절받아 철년살고 말년살이
> 임재근분이 높을소냐 하늘만창 더높으리
> 내근분이 낮을소냐 지하만치 더낮으리
>
> —거창군 웅양면 9, 『한국구비문학대계』 8-5

즉, 아내는 남편이 생각하는 집안의 근본이나 가문의 차이가 별 것 아님을 역설하면서, 장인장모에게 절을 제대로 하지 않은 남편을 나무라고 있는 것이다.

이렇게 〈경상감사 사위 노래〉는 장인장모를 무시한 사위를 통해 지위나 가문의 높낮이로 장인장모까지 하대했던 당대 계층 차별의 문제를 제기한다. 즉 사위의 가문이 아무리 높다 해도 장인장모에게까지 하대하는 것은 잘못이라는 생각을 나타낸다. 하지만 노래 속 장인장모가 아무런 말도 하지 못하는 데 비해, 노래 속 아내는 남편에게 직접적으로 불만을 드러낸다. 이는 자신의 부모가 남편에게 하대 받는 것을 그냥 두고 볼 수 없었기 때문일 것이다. 즉 시집간 여자들에게 친정은 끝까지 지켜야 하는 '성채'와 같은 대상이라 할 수 있다. 노래 속 아내의 항변 속에는 자신의 친정이 수치와 모욕을 당하는 것만은 절대 감수하지 않겠다는 의지가 담겨 있다. 이 노래를 들은 창자와 청중이 이구동성 "전부 사실이다"라고 입을 모으며 노래 속 아내의 항변에 "좋다"고 호응하는 것은 이러한 의식을 반영한다.

그러나 한 가지 놓치지 말아야 할 것은 〈경상감사 사위 노래〉에서 남편에 대해 아내가 항의를 할 뿐 이에 대한 남편의 행동은 나타나지 않는다는 점이다. 노래는 남편의 대답이나 사과도 없는 아내의 일방적인 항의로만 끝날 뿐이다. 이렇게 이 노래에서 뚜렷한 해결이 제시되지 않고 장인장모와 아내의 일방적인 목소리로 끝나는 것은 이들의 목소리가 '메아리 없는 외침'에 불과한 현실을 반영한 것이라 생각된다. 이 노래가 불리던 가부장제 사회의 현실 속에서 남편이 자신의 부모를 업신여긴 데 대한 아내의 목소리는 그대로 묻혀버리고 말 뿐이다. 이는 노래 속에서처럼 현실에서 역시 사위이며 남편이라는 존재는 장인장모와 아내에게는 넘어설 수 없는 권력이요, 힘이었기 때문이 아닐까 한다.

하지만 그렇다고 해서 이 노래가 헛된 것만은 아닐 것이다. 여성들은 이 노래를 어려서부터 듣고 자랐으며, 늙어서까지 되새겨 부르며 자신들의 현실을 자각하고 인지하였다. 그러면서 노래 속 아내의 목소리를 통해 자신들의 자존감을 높였다. 비록 그 자존감이 현실 속에서 쉽사리 보장받지는 못하였지만, 스스로를 높이면서 아무리 어려운 현실이라 하더라도 당당하게 헤쳐나갈 수 있는 힘과 용기를 얻을 수 있었을 것이다.

가문과 사랑의 역학 속에서

수십, 수백 년 전 이 땅의 젊은이들은 개인의 의사와는 관계없이 가문의 이해관계에 따라 배우자를 정하고 혼인을 했다. 개인의 사랑이 거기에 끼어들 여지는 크지 않았다. 그에 비해 이즈음의 젊은이들은 배우자를 정하는 데 있어 가문과 집안의 영향에서 어느 정도는 자유로워 보인다. 하지만 여전히 배우자감의 선택에 있어 개개인의 능력이나 인품과는 상관없이 새롭게 형성된 가문(집안의 경제력, 집안사람들의 학력 및 직업)이 큰 영향력을 미침을 부인할 수 없다. 여기에 개인 간의 사랑은 무기력하기만 하다. 설령 집안의 반대를 물리치고 혼인했다 할지라도 이후 두 사람의 사랑에는 넘어야 할 장애가 첩첩이 쌓여 있다. 허구라지만 너무나도 현실적인 드라마 속 사랑과 혼인의 이야기들은 이러한 장애와 불안의 징후를 적나라하게 드러낸다. 현대의 젊은이들은 가문과 사랑의 역학 속에서 해답을 찾지 못한 채 여전히 헤매고 있다.

옛 이야기 노래는 전통사회의 여성들이 자신들이 뿌리내리고 있는 가족과 사회의 문제를 드러내고 이러한 문제가 발생되지 않는 더 나은 세계에 대한 꿈과 기대를 표현한 노래이다. 〈경상감사 사위 노래〉는 가문에 의해 결정되던 혼인의 문제점을 드러내고 지체 높은 가문으로 시집가 박대와 수모를 감수해야했던 수많은 여성들의 목소리를 대변하고 있다. "자기야가문이 높다해도 천장밖에 더높겠소 / 우리야가문이 낮다해도 지하밖에 더높겠소" 하던 노래 속 여성의 목소리가 '지금 여기'를 살고 있는 여성의 목소리와 겹쳐진다면, 우리 사회의 시계는 혹시 거꾸로 가고 있는 것이 아닐까.

친정부고 노래

: 딸에서 비로소 어머니가 되다

불겉이라 나는볕에 멧겉이라 짓은밭에
한골메고 두골메고 삼세골로 매어가니
부고왔소 부고왔소 부모죽은 부고가왔소
댕기끌러 낭에(나무에)걸고 비녀빼어 가슴찔어
신은벗어 손에들고 집이라고 돌아와서
씨금씨금 씨아바씨 부모죽은 부고왔소
에라요거 물러서라 매던밭을 매라하데
씨금씨금 씨어마씨 부모죽은 부고왔소
어라요년 물러서라 보리방아 찧어놓고 가라하데
씨금씨금 씨누님아 부모죽은 부고왔소
에라요거 물러서라 불여놓고(불 때놓고) 가라하데
동동동동 동시님아 부모죽은 부고왔소
인제이때 안갔더나 어서배삐 길가거라

댕기끌러 낭에걸고 비녀빼어 가슴찔러

신은벗어 손에들고 천방지방 나아가서

한골넘고 두골넘어 삼세골로 넘어가니

능차소리 나는구나

또한골로 넘어가니 상고소리 요란하다

또한골로 넘어가니 생이머리 보이더라

또한골로 넘어서서

질욱에 상두군아 질밑에 내리거라

질밑에 상두군아 질우로 오르거라

사촌에도 오랍씨 곽문쪼께 열어주소

여라요거 물러서라 어제그제 못왔더나

사촌에도 올케야 곽문쪼께 열어주소

어라요거 물러서라 어제그제 못왔더나

-거제군 신현읍 17, 『한국구비문학대계』 8-1

3

딸에서 비로소 어머니가 되다
〈친정부고 노래〉

힘겨운 일터에서 친정부모 부고를 받다

시집간 여자들에게 가장 힘겹고 슬픈 순간은 언제일까. 정성을 다해 시부모님을 모시지만 인정받지 못하고 꾸지람을 받을 때? 시집오기 전에는 전혀 해보지 않았던 힘겨운 노동을 혼자 도맡아 해야 했을 때? 시집식구들이 죄다 한편이 되어 자신의 험담을 할 때? 친정 부모와 형제자매가 그리워도 친정집에 가지 못할 때? 이 모든 것이 시집간 여자들에게 어렵고 힘든 순간이겠지만, 어쩌면 가장 힘든 것은 늘 마음 한구석에 자리 잡고 있는 친정 부모를 생신이건 명절이건 때마다 찾아뵐 수 없는 것일지 모르겠다. 그리고 그 힘겨움의 극한은 아마도 그렇게 마음속의 부채로 드리워 있었던 친정 부모의 죽음 소식을 접하는 순간이 아니었을까.

여자들에게 친정과 친정식구는 예나 지금이나 힘겨운 삶을 살아가는 데 있어 버팀목이 되어 주는 정신적인 의지처이다. 그러나 예전 우리네 어머니들에게 친정은 한번 시집을 가면 다시는 쉽게 갈 수 없는 머나먼 곳이었다. "친정길은 가깝고도 멀다.", "친정 까마귀는 보기만 해도 반갑다."라는 말들은 친정에 가고 싶어도 좀처럼 갈 수가 없었던 여자들의 마음을 잘 나타내 주고 있다. 게다가 "친정부모는 저승부모다."라는 말까지 있는데, 이는 친정부모는 죽어서나 만날 수 있을 정도로 만나기가 힘들다는 뜻으로 친정식구와 딸 사이의 멀고 먼 거리를 역설적으로 나타내 준다.

우리네 어머니들이 밭을 매면서, 베를 짜면서 많이 부르던 노래 중에 〈친정부고 노래〉가 있다. 바로 시집간 후 늘 마음속 그리움으로 담아두고 있던 친정부모의 부고를 받게 되는 내용의 노래이다. 〈친정부고 노래〉에서 시집간 여자는 여느 〈시집살이 노래〉에서처럼 혼자서 힘겨운 노동을 감내하는 것으로 나온다. 노래의 서두는 "불겉이라 나는볕에 멧겉이라 짓은밭에 / 한골 메고 두골메고 삼세골로 매어가니"라고 하며 시집간 여자가 뜨거운 여름 볕 아래서 산(또는 무덤)처럼 수북하게 풀이 우거진 밭을 한골 두골 삼세골을 매어나가는 모습을 그려낸다. 이는 허구적인 설정이 아니라 실제 며느리들의 현실을 그대로 표현한 것이다.

여자는 뙤약볕 내리쬐는 밭에서 힘겹게 일하다 느닷없이 한 통의 편지를 받는다. 그러나 그 편지는 좋은 소식이 아니라 친정부모- 대부분 어머니로 나온다 -의 죽음을 알리는 '부고'이다. 불같이 타오르는 볕, 뫼같이 잡초가 우거진 밭, 해도 해도 끝이 나지 않는 일의 공간은 여자에겐 삶의 희망을 찾을 수 없는 죽음의 공간이다. 그 공간에서 마음 한 구석에서 늘 그리워하며 의지하고 있던 친정부모의 죽음을 맞이한다. 아무런 희망도 즐거움도 찾을 수 없는 공간 속에 더해진 친정부모의 죽음 소식은 여자를 더없는 절망의 나락 속으로 추락케 한다.

시집간 여자들은 이 노래를 밭을 매며, 베를 짜며 부른다. 왜 그네들은 노래 속에서 하필 친정부모의 죽음을 되풀이 이야기하는 것일까. 그네들이 〈친정부고 노래〉 속 친정부모의 죽음을 통해, 그려내고 말하고 싶었던 것은 과연 무엇일까.

시댁 일로 인해 친정부모 장례에 늦다.

〈친정부고 노래〉는 시집간 여자가 밭을 매거나 베를 짜는 등 힘겨운 일을 하는 도중 친정부모의 부고를 받는 데에서 사건이 시작된다. 각편에 따라 다양한 전개 양상과 결말을 보이는데, 가장 완결된 모습을 지니고 있는 각편은 다음과 같이 사건이 전개된다.

가) 시집간 여자가 일을 하다 친정부모 부고를 받는다.
나) 시집식구들에게 친정부모 부음을 알린다.
다) 시집식구들이 일을 마치고 가라고 한다.
라) 일을 마치고 친정에 가지만 장례에 늦게 도착한다.
마) 친정오빠들이 나무라며 곽문을 열어주지 않는다.
바) 막내오빠(또는 삼촌)가 곽문을 열어줘 어머니 몸감장을 잘 해서 보낸다.

친정부모의 부고를 받는 순간 여자는 하늘이 무너지는 듯한 충격과 아픔을 느꼈을 것이다. 어서 빨리 친정으로 달려가 마지막 가시는 길을 배웅해야 한다는 마음 하나로 일을 하다 말고 허둥지둥 정신없이 집에 다다랐을 터이다. 하지만 시집식구들은 하나같이 "동달바신 요며눌아 약달바신 요며눌아 / 점심때도 못미차서 점심묵자 네가오나"고 타박한다. 아직 점심 먹을 때가 안 되었는데 점심을 먹으러 돌아왔느냐며 핀잔을 주는 것이다.

받아보소 받아보소 편지한장 받아보소
외손으로 받은편지 양손으로 펴고보니
부모죽은 부고구나 집이라고 돌아가니
시금시금 사아바님
동달바신 요며눌아 약달바신 요며눌아
점심때도 못미차서 점심묵자 네가오나
시금시금 시어마님
악달바신 요며눌아 동달바신 요며눌아
점심때도 못미찬데 점심묵자 니가오나
정지문에 동시들은
동실동실 요동시야 악달바신 요동시야
동달바신 요동시야
점심때도 아니되어 점심묵자 니가왔나
부고왔소 부고왔소 부모죽은 부고왔소
시금시금 시오마님
명지베 쉰댓자를 날아놓고 가라한다
날아놓고 갈라커니 베짜놓고 가라한다
그러구로 다해놓고

밑도없는 물동우다 물여놓고 가라한다
그러구로 다해놓고
댕기풀어 낡에걸고 비네빼여 품에꽂고
신은벗어 손에들고 한모랭이 돌아가니
까막깐치 우는구나
두모랭이 돌아가니 곡소리가 나는걸다
삼세모랭이 돌아가니 곽문닫는 소리난다

—의령군 지정면 19, 『한국구비문학대계』 8-11

　일하다 말고 때도 안 되어 돌아온 며느리에게 시아버지, 시어머니, 동서 모두 차례차례로 나서며 똑같은 말을 되풀이한다. 그제서야 여자는 친정부모의 부음을 전한다. 하지만 시집식구는 이에 조금도 조의를 표하거나 위로하지 않는다. 도리어 여자가 친정에 가는 것을 허락하지 않거나 가려거든 미리 일을 다 해놓고 가라고 한다. "명지베 쉰댓자를 날아놓고(실로 다 감아놓고)" 가라해서 다 날아놓고 가려하니 "베짜놓고 가라한다." 다 짜놓고 가려하니 "밑도 없는 물동우다 물여놓고(물을 길어놓고) 가라한다." 며느리의 친정부모 장례보다 자기 집 일이 더 중요하고 우선적이라 여기는 시집식구들의 인식에 여자는 아무 말 없이 그 모든 일들을 "그러구로 다해놓고", "댕기 풀어 나무에 걸고 / 비녀를 빼어 품에 꽂고 / 신은벗어 손에들고" 부모를 여읜 자신의 슬픔을 풀어헤친 머리와 맨발로 대신하며 친정으로 향한다.

　하지만 일을 다 해놓고 늦게나마 친정으로 갈 수 있었던 것은 그나마 다행인 경우다. 실제 강원도 지역에서 현장조사를 하다 만난 한 할머니는 친정어머니 부고를 받고는 시집어른들이 장례에 갔다오면 재수 없다고 허락해주지 않으셔서, 할 수 없이 흰 치마를 벗어 장막을 쳐놓고 곡을 하는 것으로써 어머니의 죽음을 애도할 수밖에 없었다고 한다. 시집가면 친정부모가 돌아가셔서나 친정에 갈 수 있었다는데, 그 단 한 번의 기회조차도 주어지지 않았던 것이다. 다음 노래는 바로 시부모와 남편의 허락을 받지 못해 혼자서 "삼단 같은 머리를 울타리 밑에서 풀고 통곡"만 해야 했던 어떤, 아니 수많은 시집 간 여자들의 한을 노래로 풀어내고 있다.

> 방문을 열지치고 슬금슬쩍 부모님죽은 부고왔오
> 이리칠년 방자할년 짜던베나 마주짜지
> 안방문을 열뜨리고 실금슬쩍 시어머니 부모죽은 편지왔오
> 내려칠년 방자할년 짜던베나 마주짜지
> 뒷방문을 열뜨리고 남편한테 여쭐적에 부모죽은 편지왔오
> 요런요년 방자할년 요런입을 어디다 놀리나
> 삼단같은 머리를 울타리밑에 머리풀고 통곡한들 소용있나
>
> —인제군 남면, 『강원의 민요』 I

이처럼 시집간 여자가 친정부모의 죽음을 시아버지, 시어머니, 시누, 남편 등 시집식구에게 차례차례로 알리자 시집식구들은 매던 밭을 다 매고 가라거나, 보리방아를 다 찧고 가라거나, 짜던 베를 다 짜놓고 가라거나, 불을 때놓고 가라거나, 물을 길어다놓고 가라거나, 갖가지 힘겨운 일들을 잔뜩 시킨다. 이들은 하나같이 며느리가 친정에 가는 것을 지연시키고 있다. 시집식구로 인한 지연은 친정부모의 장례를 더 중요하게 생각하는 며느리의 인식과 시댁의 집안일을 더 중요하게 생각하는 시집식구와의 인식의 차이에서 오는 갈등을 보여준다. 그러나 그 갈등은 언제나 시집식구의 요구대로 해결이 이루어진다는 점에서 이들 노래의 비극성이 존재한다. 그럼에도 불구하고 시집간

여자들은 이 갈등을 여러 차례 거듭되는 시집식구들의 말 그대로 들려줌으로써, 그것이 자신들이 겪는 실제 현실임을 강조하고 그 현실이 과연 정당한지에 대한 문제를 제기하고 있다.

시집간 여자는 더 이상 친정식구가 아니다

시집간 여자는 시집식구 중에서 유일하게 같은 며느리의 처지에 있는 동서의 승낙을 받아 비로소 친정으로 향한다. 그러나 친정 길은 멀고도 험하다.

> 한모랭이 돌아가니 산이막혀 못가겠네
> 한모랭이 돌아가니 물이막혀 못가겠네
> 한모랭이 돌아가니 비녀빼서 땅에꽂고
> 한모랭이 돌아가니 댕기풀어 낭게걸고
> 한모랭이 돌아가니 아홉상제 우는소리
> 귀에정정 들려오네 한모랭이 돌아가니
> 맏오라버니 우는소리 귀가정정 들려오네
> 오라버니 오라버니 부모얼굴 다시보세
> 예끼이년 방자한년 엊그저께 오랬더니 인제왔냐
> 오라버니 오라버니 사흘길을 하루왔네
> 오라버니 오라버니 부모얼굴이 다시보세
> 예끼이년 방자한면 엊그저께 오랬더니 인제 왔냐
> 오라버니 오라버니 사흘길을 하루왔네
>
> ―강릉시 성산면, 『강원의 민요』 Ⅱ

한모랭이, 두모랭이, 대여섯 모랭이를 넘어야 친정집에 도달할 수 있다. 수 차례 고개를 넘고 물을 건너서야 친정 동네가 가까워오고 오라버니들의 곡소리가 들려온다. 여자는 "비녀빼서 땅에꽂고 댕기풀어 낭게걸고" 혼비백산 친정 문 앞에 들어섰을 터이다. 그러나 오라버니들은 시댁 일과 시집식구들의 건사에 자유롭지 못한 여동생의 처지를 이해함직도 하건만 장례에 늦은 동생을 "예끼이년 방자한년 엊그저께 오랬더니 인제왔냐"며 심하게 나무란다. 마지막으로 어머니 얼굴을 한번만 보고자 하는 동생의 호소도 비정하게 거절한다. 친정식구 중 어느 누구도 시집간 여자를 따뜻하게 맞이하거나 애처롭게 여기지 않는다.

심지어 다음 노래에서는 "에라요년 너까짓게 자식이냐 / 자식같으면 엊그저께 까막까치 짖을 적에 와서보지 인제왔냐"라며 자식으로 취급하지도 않는다. 시집식구에게도 진정한 식구로서의 대접을 받지 못하는 시집간 여자는, 친정식구에게도 더 이상 식구가 아닌 '출가외인'일 뿐이다. 친정부모의 임종을 못한 것이 떳떳한 일이라 할 수 없으나 이미 남의 집에 매인 몸이 대어 자신의 의지대로 할 수 없는 여자의 입장에서는 친정식구들의 이러한 태도가 어머니의 죽음만큼이나 서럽고 원통하다.

한모롱이 도러서니 관짜는소리 귀에쟁쟁
한모롱이 도러서니 아홉형제 우는소리
한모롱이 도러서니 행상소리 귀에쟁쟁
한모롱이 도러서니 수건대가 압흘섯고
한모롱이 도러서니 명정대가 다음섯네
한모롱이 도러서니 부모상여 완연하다
압헤가는 큰옵바야 상여를 쓰럭밧헤 놋치말고

평지밧헤 노아주게 부모얼골 다시보세

에라요년 너싸짓기 자식이냐 자식갓흐면

엇그적게 싸막싸치 지즐적에 와서보지 인제왓나

형님방에 들어가니 설게우슴 칫트리고

어머님방에 드러가니 쥐도감감 새도감감

어머님쌀던 자리깔고 어머님비던 베개비고

밤새도록 울고나니

눈물소서 소이(연못이)되고 한숨지여 바람되네

-『조선구전민요집』

  생전 어머니가 쓰던 방에 들어가 어머니가 깔던 자리를 깔고 어머니가 베던 베개를 베고 잠 한 숨 자지 못한 채 밤새도록 우는 여자의 눈물은 어머니의 죽음으로 인한 슬픔 때문이기도 하고, 가혹한 시집살이로 인해 어머니의 임종조차 지킬 수 없었던 자신에 대한 회한 때문이기도 하며, 더 이상 자신을 식구로 여겨주지 않는 친정식구들에 대한 서운함 때문이기도 할 것이다.

  "밤새도록 울고나니/ 눈물솟아 소이(연못이)되고 한숨지여 바람되네"라고 한다. 돌아가신 어머니의 체취 속에서 하룻밤을 꼬박 울고 나서야 자신의 눈물과 한숨을 객관적으로 바라볼 수 있는 감정의 정화가 이루어진다. 시집간 여자는 비로소 자신이 더 이상 어머니의 어린 딸이 아니며, 친정오빠의 어린 여동생이 아님을 깨닫는다. 또한 이러한 자신의 처지를 제대로 이해하지 못하는 친정식구들과의 감정적 분리가 오빠의 매정한 말을 통해 분명히 이루어진다. 여기에서 〈친정부고 노래〉는 시집간 여자가 친정어머니의 죽음을 통해 비로소, 마음 속 깊이 자리 잡고 있었던 친정어머니, 친정식구들에 대한 의존성에서 벗어나는 노래가 된다. 곧 〈친정부고 노래〉를 통해 시집간 여자들은 친정부모에 대한 정신적인 의존 상태에서 이유(離乳)되며, 친정식구들과 분리되어 홀로 서야 함을 뼈저리게 깨닫는다.

딸에서 비로소 어머니가 되다

장례에 늦은 여자는 이미 떠나오는 행상(상여)을 길에서 맞닥뜨린다. 하지만 마지막으로 어머니의 얼굴을 한번이라도 봐야 비로소 어머니를 떠나보낼 수 있을 듯하다. 행상을 내려놓고 어머니의 얼굴을 보여달라는 여자의 요구에 친정식구들은 하나같이 여자를 나무란다. 결국 막내오빠(또는 막내삼촌)의 승낙 하에 곽문을 열고 관 속에 놓인 어머니의 얼굴을 확인한다.

> 서른서이 행상군아 한분다시 쉬어가라
> 오라배요 오라배요 은장(관 뚜껑)한장 들세주소
> 어마얼굴 다시보게
> 에라요연 요망한년 어제아래 왔이면은
> 어마얼굴 다시보제
> 둘째오라배 물어보자 은장한장 들세주소
> 어마얼굴 다시보게
> 어제아래 왔이면은 어마얼굴 다시보제
> 시째오빠 물어보자 은장한장 들세주소
> 어마얼굴 다시보게 은장한장 들세주네
> 눈에는야 종지없고 입에는야 접시었고

맨몸을 보내는야
불상하고 가련하다 우리엄마 불상하다
아들이야 삼형제나 있어도야 여식(딸자식)내만 못하구나
명주한필 몸에감고 베한필을 낱에덮고
그럭저럭 잘보낸다

-영양군 일월면, 『서사민요연구』

여자는 친정오빠들에게 "오라배요 오라배요/ 은장(관 뚜껑)한장 들세주소 어마얼굴 다시보게."라며 애원한다. 오빠들은 "에라요연 요망한년 / 어제아래 왔이면은 어마얼굴 다시보제" 하며 거절한다. 결국 셋째 오빠가 열어줘 죽은 어머니의 모습을 보니 "눈에는야 종지얹고 입에는야 접시얹고 / 맨몸을 보내는야"에서처럼 제대로 수의를 입지 못한 채 맨몸으로 누워있다. 여자의 억장이 다시 한 번 무너져 내린다. 이에 시집간 딸은 준비해 온 명주와 베로 "명주한필 몸에감고 베한필을 낱에덮고" 어머니를 "그럭저럭 잘보낸다."

〈친정부고 노래〉의 대부분이 앞에서 본 것처럼 어머니를 잃은 상실감과 친정식구와의 갈등으로 '좌절'을 노래하고 있다면 몇몇 각편에서는 이처럼 어머니를 잘 염습해 보내드림으로써 상실감과 갈등을 극복해내고 있다. 또한 "아들이야 삼형제나 있어도야 여식(딸자식)내만 못하구나" 하며 딸이 아들보다 낫다는 인식까지 내비친다. 이때의 딸은 시집가기 전 어머니에 의존하던 '미숙한' 딸이 아니라 어머니와 완전하게 분리된 '성숙한' 딸의 모습을 보인다. 이는 자신을 낳아준 어머니를 원망하던 딸이 아니라 도리어 어머니를 "불쌍하고 가련하게" 여기는 인격적으로 성숙한 딸의 모습이다. 또한 죽은 어머니에게 옷을 입혀 드림으로써 이제 딸은 더 이상 보호받는 '딸'이 아니라 누군가를 보호하는 '어머니'로서 거듭나게 된다.

그러므로 이들 노래에서는 앞에서 나타난 '시댁식구들과의 갈등'이나 '친정 식구와의 분리'에서 한 단계 나아가 완전한 '어머니'로 다시 태어남을 보여준다. 시집간 여자들은 〈친정부고 노래〉를 거듭거듭 부르면서 차츰 친정어머니·친정식구와 분리되어 갔으며, 딸에서 어머니로, 친정식구에서 시집식구로 자신을 변화시켜 나갔을 것이다.

현재 대한민국 '여자'들은 행복한가?

〈친정부고 노래〉는 친정부모의 장례조차 마음대로 갈 수 없었던 시집간 여자들의 지나간 현실과 고통을 적실하게 보여준다. 딸이나 며느리를 온전한 자기 식구로 여기지 않았던 시대, 시집간 여자가 자신의 정체성을 찾을 수 있는 길은 오직 '어머니'의 지위를 획득하는 길뿐이었다. '어머니'가 되어야 사회의 중심인 남자들로부터 '효'를 받을 수 있는 지위를 얻을 수 있었다. 그러나 그렇게 '어머니'가 된 여자들은 과연 행복했을까? 그 '어머니' 역시 누군가의 '무엇'이지, 여자 자신의 진정한 '자기'라고는 볼 수는 없지 않은가. '어머니'의 헌신에 대한 찬양이나 '모성'에 대한 숭배 역시 어찌 보면 여자 자신의 '자기 자리 찾기'를 방해하는 걸림돌이 아닌가.

'2013 세계 성 격차(Gender Gap Index) 보고서'에 따르면 올해 우리나라의 성 평등 순위는 136개국 중 111위로 최하위권에 속한다고 한다. 이는 여성의 주체성을 거의 인정하지 않는 아랍에미리트, 카타르 등 아랍 국가들과 거의 비슷한 수준이라고 한다. 그간 일각에서는 여성의 사회 진출로 인해 남성들의 일자리가 줄어들었다는 볼멘소리가 나오는 마당에 이런 결과는 실로 충격적이다. 하지만 이 결과를 놓고 통계의 오류니 뭐니 하며 무시할 것이 아니라 그 원인이 무엇일지 겸허히 반성해 볼 필요가 있다. 이는 어쩌면 우리 사회에 여전히 남아있는 여자의 '자리'에 대한 뿌리 깊은 인식 때문은 아닌지 말이다. 우리는 여자들에게 여전히 '여자 자신'보다는 '누군가의 무엇'을 강요하고 있기 때문은 아닐까. 누군가의 '딸', 누군가의 '아내', 누군가의 '어머니'가 '여자 자신'보다 우선시되는 사회 인식이 여전히 지배하는 한, 그래서 여자들 위에 보이지 않는 '유리 천정'이 두껍게 드리우고 있는 한, 우리 사회의 성 평등 지수가 높아질 리는 없지 않은가.

〈친정부고 노래〉를 부른 우리의 어머니들이 '출가외인'이라는 멍에와 '시집살이'의 질곡 속에서 통곡했다면, 현재 우리 대한민국 여자들은 여전히 여자들을 옭아매는 잘못된 인식과 인습 속에서 통곡하고 있지는 않은지 다시금 돌아볼 일이다.

꿩 노래
: 시집살이의 알레고리

꿩꿩장서방 어떵어떵 살암디(어찌어찌 살았나)

옛날옛날 시집살이 ᄒᆞ젠ᄒᆞ난(하려 하니)

귀막아 삼년 말몰란(말 몰라) 삼년 눈어둑언

삼년 아홉해 구년 사난

시어멍이 ᄒᆞ는말씀 아들고라(아들에게)

답답해연 못살키어 친정에 돌아가블랜 ᄒᆞ난에도(데려가 버려라 하니)

그 아들은 각시 달안 친정더레 가노랜ᄒᆞ난(데리고 친정으로 가노라니)

꿩은 아잣단 꿩꿩ᄒᆞ명 담우터레 올라아지난(담 위로 올라앉으니)

그 메누리(며느리) ᄒᆞ는말이

꿩꿩장서방 어떵어떵 살암디

쫑쫑부리랑 시누리나 주곡(쫑쫑 쪼는 부리는 시누이나 주고)

덕덕날개랑 시어멍이나 드리곡(덕덕 덮는 날개는 시어머니나 드리고)

슬진 뒷다리랑 시아바님이나 드리곡(살진 뒷다리는 시아버님이나 드리고)

간장 석고 곡석은 가심이랑(간장 썩고 창자 썩은 가슴은)

님광 내가 먹어보잰 ᄒ난(임과 내가 먹어보자 하니)

그말을 들언 낭군님은 그냥 둘안 돌아오란(데리고 돌아와서는)

잘살아 가는고

－제주시 구좌읍, 『한국민요대전』 제주 2-8

방아깨비 노래

: 시집살이의 알레고리

옛날옛적에요, 저기 계룡산이라 카는 산이 아주 지프고(깊고) 좋은 곳이라요. 그 누가 아기를 못 나아가주고 거 가 공을 디릴라꼬(드리려고), 대초 서 말(대추 세 말) 하고 참깨 서 말 하고 구해가 가주고, (중략)

공을 디리고 오다 하이까네. 그래 뭐 풀밭에 오줌을 누고나이, 소변을 보고나이, 머 쪼매(조그만 것이) 꼬물꼬물 기는기 있더람더.

그걸(항굴래비=방아깨비) 하나잡아 가주고. 그기 해나(혹시나) 공 디리고 와가(와서) 무신 자식인가 싶어가, 마 눈에 어리치가(어리어서) 그걸 한 분(한번) 놀렸담더(갖고 놀았습니다), 그걸 한분 어랐는데.(얼렀는데)

둥둥둥 내사랑 어데갔다가 이제왔노

둥거나둥둥 내사랑 입도쪽쪽 맞차가며

하도나유절없고 가소로버 둥둥둥 내사랑

이매 홀럭(이마 훌떡) 까진거는 징조보로(증조부를) 닮았구나

허리 넘청 한거는 노마이깨나 걸칠꾸나

무정아리(종아리)가 갤슴하니(가느다라니) 한강물으는 잘건널따

얼씨구둥둥 내사랑아 어데 갔다가 이제왔노

둥둥둥 내사랑아 어데갔다가 이제왔노

서울 고모가 알았이면 양니비두디기(양누비이불) 사올꺼로(사올 것을)

얼싸둥둥 내사랑아 어데나 갔다 이제왔노

-경주시 외동면 39, 『한국구비문학대계』 7-2

4

시집살이의 알레고리
〈꿩 노래〉와 〈방아깨비 노래〉

말 못해 쫓겨나고 애 못나 쫓겨나고

예전에 우리 어머니들이 시집갈 때에 그들의 어머니들은 딸들에게 이렇게 일러주었다. "벙어리 삼 년, 귀머거리 삼 년, 장님 삼 년, 이렇게 석삼년을 살아야 하느니라."고. 듣고도 못 들은 체, 보고도 못 본 체, 알고도 모르는 체, 벙어리 냉가슴 앓듯 살아야 했던 것이 '시집살이'이다. 이 말을 곧이듣고 시집살이 삼 년 동안 말을 하지 않다 벙어리라고 쫓겨난 여자가 꿩을 보고 읊은 노래가 〈꿩 노래〉이다. 이뿐인가. 시집간 여자에게 가장 큰 의무는 시댁의 가계를 이을 아들을 낳는 일이었다. 아들을 낳지 못한 여자는 시집에서 쫓겨나거나 더 혹독한 구박을 견뎌야 했다. 시집간 지 몇 년이 지나도록 아이를 낳지 못한 여자가 불공을 드리고 내려오는 중 풀숲에서 오줌을 누다 튀쳐오른 방아깨비를 잡아 어르며 부른 노래가 〈방아깨비 노래〉이다.

얼핏 동물 또는 곤충을 묘사하는 노래인 듯한 〈꿩 노래〉와 〈방아깨비 노래〉에 우리 어머니들은 시집살이의 어려움과 시집식구에 대한 풍자를 숨겨 놓았다. 겉으로는 동물을 노래하는 듯하면서, 안으로는 꿩과 방아깨비라는 동물을 빌어 시집식구에 대한 불만을 간접적으로 드러냈다. 곧 두 노래는 시집살이하는 여자들이 동물을 통해 시집살이를 우의적으로 표현하고 있다.

〈꿩 노래〉와 〈방아깨비 노래〉는 어린아이들이 동물이나 곤충을 가지고 놀면서 부르는 단순한 동요가 아니라 성인 여자들이 부르는 자신들의 삶에 대한 우화이며, 직접적으로 표현할 수 없는 시집식구들에 대한 비판과 풍자의 알레고리(allegory)다. 〈꿩 노래〉에서는 말을 참다 쫓겨난 며느리, 〈방아깨비 노래〉에서는 자식을 낳지 못해 쫓겨날 위기에 처한 며느리가 비로소 그들의 목소리로 말한다. 현실에서 아무 말도 할 수 없었던 며느리들이 입을 열어 노래를 부른다. 그 노래 속에는 시집살이의 설움과 시집식구에 대한 비판이 담겨져 있다. 노래의 속뜻은 오직 노래를 부르고 듣는 며느리들만이 알 뿐이다. 우리 어머니들은 왜 이런 이야기를 노래로 불렀을까.

시집살이의 억압에 대한 풍자: 〈꿩 노래〉

〈꿩 노래〉는 시집간 여자가 아무런 말도 하지 않고 지내다가 시집에서 쫓겨나서 부른 노래이다. 〈꿩 노래〉는 다음과 같은 서사단락으로 이루어져 있다.

　　가) 친정부모 가르침대로 시집가서 말을 하지 않는다.
　　나) 며느리가 말을 하지 않자 친정으로 쫓아낸다.

다) 친정 가는 길에 날아가는 꿩을 보고 노래를 부른다.
라) 시집으로 다시 데리고 돌아온다.

서두에서는 시집간 여자가 시집에서 말을 하지 않고 지내는 상황이 제시된다. 시집에서 잘 지내기 위해서는 아무리 부당한 일이 있어도 말을 하지 말고 지내라는 친정 부모님의 당부와 사회에서 통용되는 암묵적 가르침이 있었기 때문이다. 이는 흔히 시집살이에 대한 가르침으로 주어지는 "시집가서 벙어리 삼년, 귀머거리 삼년, 장님 삼년-석삼년을 살면 시집살이가 편해진다."라는 시집살이의 방법을 말한다.

> 딸아딸아 셋째딸아 [청취불능]
> 벙어리삼년 석삼년을 살으래서
> 친정엄마한테 귀도먹고 눈도멀고
> 벙어리삼년을 살으래서 말도안하고 귀도먹고
> 석삼년을 살고낭게 이아미꽃이 피었구나
> —곡성군 곡성읍, 새터 45, 『한국서사민요의 날실과 씨실』

심지어 친정어머니가 시집가는 가마 안에 돌을 하나 넣어주면서 그 돌이 말을 할 때까지 말을 하지 말라고 당부한다. 돌이 말을 한다는 것은 현실적으로 불가능한 일이므로 아예 말을 하지 말라는 가르침이다. 이렇게 불가능한 가르침을 시집간 여자는 어리석게도 그대로 시행한다.

> 우리어머니가 날키워서 예우살이 헐적에(시집보낼 때)
> 시집가고 가마탈제 독(돌)을 하나 넣어 줌선

그독이 말을 해야 네가 말을 하고 살아라

-남원군 운봉면 6, 『한국구비문학대계』 5-1

하지만 그 가르침의 준수가 오히려 시집살이를 잘해내는 데 걸림돌이 된다. 시집살이의 가르침이 시집살이를 방해하는 역설이 생겨나는 것이다. 즉 시어머니는 모든 것을 참으며 말을 하지 않는 며느리를 말도 못하는 벙어리라며 친정에 돌려보내라고 한다. 그래도 며느리는 자신의 억울함을 말로 표현하지 않는다.

친정으로 쫓겨 가는 길에 며느리는 풀숲을 날아가는 꿩을 보고 그만 입을 연다. 이때 며느리가 입을 열어 토해낸 것은 '말'이 아니라 '노래'였다. 말은 의도적으로 하지 않을 수 있었지만, 노래는 자신도 모르게 저절로 튀어나온 것이다. 말은 하지 못하게 막을 수 있었지만, 혼자서 남몰래 부르는 노래조차 막을 수는 없었다. 시집살이나 시집식구에 대한 원망과 한탄을 담은 노래들이 사라지지 않고 내려올 수 있었던 것은 이러한 이유에서일 것이다.

며느리가 부른 〈꿩 노래〉는 꿩을 잡아 시집식구들에게 대접하고 싶다는 것이었다. 꿩의 각 부위를 시집식구 중 특정 인물에게 주고 싶다고 하는 것은 그 부위가 시집식구의 특정 행동을 연상시킨다. 노래를 통해 비로소 며느리는 시집식구들이 자신을 어떻게 대했는지를, 자신이 그로 인해 얼마나 괴로웠는지를 표현한다.

갈기(갈겨)보는 눈꾸녕은 시어머니 상에놓고
모가지라 울맬락헌(울대는) 시아버지 상에놓고
짝짝 헤비는 발목뎅이는 동세님의 상에놓고
쫑굴쫑굴 주뎅이는 시누님의 상에놓고

따둑따둑 쭉질락헌(날개 죽지는) 임의상에나 올리줌세

애(창자)도 담뿍 썩는거는 요내나나 묵어(먹어)줌세

—군산시 성산면 4, 『한국구비문학대계』 5-4

　노래에서 화자는 "갈겨보는 눈구멍은 시어머니 상에 놓고"에서 시작해 시
아버지, 동서, 시누, 남편을 차례로 거론한 뒤, 마지막에 자기 자신을 언급한
뒤 끝맺는다. 이는 겉으로는 꿩의 각 부위를 시집식구에게 대접한다는 것이
지만, 안으로는 시집식구들이 각각 자신에게 행한 행동을 우의적으로 표현한
다. 직접적으로 표현하면 "시어머니는 눈구멍으로 갈겨보고, 시아버지는 울
대로 소리치고, 동서는 발목뎅이로 짝짝 후비고, 시누는 주둥이로 쫑알거리
고, 임은 죽지로 따둑따둑 다독여주고, 나는 애(창자)처럼 썩어간다."는 것이
다. 이는 시집식구에 대한 욕설을 꿩의 부위로 전이하여 표현한다는 점에서
우의이며 풍자이다. 그러나 노래의 의미와는 상관없이 '말을 할 수 있다'는
점에서 남편과 하인들은 며느리를 다시 시집으로 데리고 온다.

서방님이 썩나심서 하인들아 벙어리아닌게

어서배삐 내집으로 어서 모셔라

[청중: "벙어린 줄 앐았나매. 하도 말을 안 헝게. 옛날에는 그랬담성."]

시어마니 호령함성 벙어리 모셔다주랑게

하인들아 내집이다 벙어리를 뎃고오냐

아씨아씨 마나님 벙어리아니고 말만 잘험네다

—곡성군 곡성읍, 새터 45, 『한국서사민요의 날실과 씨실』

　시어머니가 하인들에게 벙어리 며느리를 다시 데려온다고 호통 치자 하인

들은 "아씨아씨 마나님 벙어리 아니고 말만 잘험네다"라고 대꾸한다. 하인들의 말투에서 하인들조차 시어머니의 요구가 부당한 것으로 인식하고 있음을 알 수 있다.

노래에서는 이후 며느리의 삶이 어떻게 되었는지 아무런 언급이 없다. 시집에서 쫓겨났다가 돌아왔다는 데에 의의를 두고 있을 뿐 이후 며느리가 잘 살았는지 어땠는지는 노래의 소관사가 아닌 듯하다. 이는 이 노래를 설화화한 각편들이 대부분 이후 며느리가 잘 살게 되었다는 결말을 제시하는 것과 대조적인 양상이다.

그러나 분명 시집살이를 대하는 며느리의 태도는 노래를 부르기 전과 노래를 부른 후 달라졌을 것이 틀림없다. 노래를 부르기 전에는 자신을 부정하는 비주체적인 복종의 삶을 살았다면, 노래를 부른 후에는 자신의 의사를 표현할 줄 아는 주체적인 소통의 삶을 살았을 것이다. 소통한다는 것은 자기 자신의 주체성을 인식한다는 것이고, 타인과의 관계 속에서 자신의 삶을 모색한다는 것이다. 며느리로 하여금 비주체적 삶에서 주체적 삶으로 전환하게 한 것은 바로 '노래 속 노래'인 〈꿩 노래〉이다.

〈꿩 노래〉 덕에 며느리는 시집식구의 일원으로 받아들여진다. 그런데 이 〈꿩 노래〉가 시집식구에 대한 비판과 욕설로 이루어져 있다는 것은 역설이다. 시집식구들 스스로가 자신들의 욕을 한 며느리를 용인하는 것이 되기 때문이다. 시집간 여자가 '시집살이 삼년'의 규약을 지키려고 말을 하지 않아 쫓겨났다가 〈꿩 노래〉를 불러 다시 시집으로 돌아가게 되었다는 이야기는 '시집살이 삼년'이라는 가르침을 무위로 돌린다. 즉 '벙어리 삼년, 귀머거리 삼년, 장님 삼년'이라는 규약이 얼마나 무의미하고 비인간적인 가르침인지를 이를 곧이곧대로 실행한 며느리를 통해 보여주고 있다. 겉으로는 며느리의 어리석음을 조롱하는 듯하지만, 안으로는 오히려 며느리를 그렇게 만든 현실에 대한 조롱, 비인간적 가르침의 허위, 시집식구들의 폭력에 대한 비판 등을 숨겨놓고 있다.

언뜻 보기에는 며느리가 시집식구에 대해 열세에 놓여있는 듯하지만, 자세히 들여다보면 며느리가 상대인물인 시집식구에 대해 우위에 놓여있다. 즉 행동적인 면에서는 열세이지만, 정신적인 면에서는 우위에 있는 이들이 〈꿩노래〉를 부르면서 은밀하게 현실과 시집식구들을 조롱하고 있는 것이다. 그러나 이 노래가 이렇듯 다층적 알레고리로 되어 있다는 점은 실제 현실과 시집식구들은 며느리의 직접적인 비판과 조롱을 결코 용납하지 않는 강고한 대상임을 역설적으로 보여준다.

노래를 부르는 여성들은 쫓겨난 며느리에 감정을 이입하며, 며느리의 처지를 불쌍하게 여긴다. 시집살이하는 여자들의 '묵언수행'은 대부분의 〈시집살이 노래〉에도 그대로 나타난다. 〈시집살이 노래〉에서 주체인 며느리의 목소리는 거의 나타나지 않고 시집식구들의 목소리만 나오는 것은 이러한 현실의 반영이다. 목소리를 잃어버린 여성은 '자기'를 잃은 것이다. 그러므로 이 노래 속의 노래 〈꿩 노래〉는 매우 중요한 의미를 지니고 있다. 시집 공간 밖에서야 여성은 목소리를 되찾는다. 꿩을 통해 자신이 겪은 시집살이의 고통을 스스로의 목소리를 통해 드러내고 있는 것이다. 결국 여성은 목소리를 되찾아 시집으로 돌아온다. 이는 여성의 시집살이가 비로소 전과는 다른 단계로 들어섰음을 말한다. 자신의 목소리를 내지 못했던 시집살이와 자신의 목소리를 내는 시집살이는 질적으로 다르다. 이제 며느리는 자신의 목소리로 부당한 시집살이의 고통을 표현하기 시작할 것이다.

가계계승의 압박에 대한 반어: 〈방아깨비 노래〉

〈방아깨비 노래〉는 아이를 낳지 못한 여자가 치성을 드리고 오는 길에 소변을 보다가 뛰쳐나온 방아깨비(메뚜기, 여치 등)를 자식으로 여겨 부르는 노래이다. 〈방아깨비 노래〉는 다음과 같은 서사단락으로 이루어져 있다.

> 가) 자식이 없는 여자가 치성을 드리고 내려온다.
> 나) 숲길에서 소변을 보다 방아깨비가 날아가는 것을 잡는다.
> 다) 방아깨비를 자식으로 여기고 노래를 부른다.
> 라) 방아깨비가 날아가 버린다.

서두에서는 여자가 자식이 없어 절에서 불공을 드리거나 무당, 판수 등에게 가서 점을 치고 내려오는 상황이 제시된다. 각편에 따라 점쟁이로부터 "밑천이 나빠 자식을 못낳는다"(안동군 의촌동, 『서사민요연구』)라는 선고까지 받는다. 자식 없는 것이 한이 된 여자는 소변 때문에 뛰쳐나온 방아깨비를 자식을 낳은 것으로 착각한다.

> 자석이없어 한이되어 산중산절미 산지불공
> 석달열흘 산지불공을 디리고
> 열흘만에 불공하고오다가 징클밭에 소매를보더라이께
> [사설] 딴, 때, 때때비, 때때비가 한 마리 치마에 딱 앤긴께, 내 눈이 고마 탁지와 지. 자식이 환장이 돼 가지고 그기 고마 아로 비는 기라.
> 때때비 한 마리가 치매에 안기는데
> 환장이 되어 그기 아들로 비여

때때비를 끌어안고 공든탑이 무너절까
심든나무가 꺾어절까 우리산신령이 영검하다

－상주군 청리면 16, 『한국구비문학대계』 7-13

창자는 "자식이 환장이 돼가지고 그기 고마 아(아이)로 비는(보이는) 기라"고 설명한다. 자식에 대한 염원이 이렇게 강한 것은 여자 자신의 바람 때문이기도 하지만 그보다는 오히려 아이를 낳지 못하는 것을 칠거지악의 하나로 꼽았던 사회의 억압 탓이 크다. 여자의 가장 큰 의무 중의 하나는 남의 집 가문에 시집가 그 집 자손을 낳아주는 것이었다. 아들을 낳지 못하는 것은 가계를 잇지 못함으로써 가문을 멸하게 하는 매우 큰 죄에 속했다.

자식에 '환장'이 된 여자는 방아깨비를 자식으로 착각해 방아깨비를 자식처럼 부둥켜안고 어른다. 〈방아깨비 노래〉 속 '방아깨비 노래'는 이 노래의 핵심 노래로서 방아깨비의 각 부위를 시집식구들의 생김새와 닮았다고 하면서 시집식구들을 열거한다.

[노래] 지단한거 본께로 우핀국배달로 갈낀데 쯧쯧쯧쯧 쯧쯧쯧
이매가훌럭 버졌는기 고주할바이를 닮았는가 쯧쯧쯧쯧 쯧쯧쯧
먹물을내놓은거 보인께로 관청물이나 먹을낀데 쯧쯧쯧쯧 쯧쯧쯧
구리시염이 났는기 징조할바이를 닮았는데 쯧쯧쯧쯧 쯧쯧쯧
[말] 이카거등. 그라고 또,
[노래] 이매가훌럭 버졌는기 저아부지를 닮았는가 쯧쯧쯧쯧 쯧쯧쯧
[말] 이카거등. 그카고,
[노래] 저이잘마이 알았으마 미역다이나 사올낀데 쯧쯧쯧쯧 쯧쯧쯧
[말] 이카미 막 또, 또

[노래] 저이삼촌 알았으마 두디기께나 사올낀데 쯧쯧쯧쯧 쯧쯥쯧

—선산군 고아면 36, 『한국구비문학대계』 7-16

노래 속 화자는 "이마가 벗어진 것은 고조할아버지, 구레 수염이 난 것은 증조할아버지" 등과 같이 멀리로는 증·고조할아버지부터 가까이로는 아버지, 삼촌 등을 거론하며 방아깨비가 시집식구들을 쏙 빼닮았다고 한다. 겉으로는 증·고조할아버지를 닮았다고 추켜세우는 것 같지만, 뒤집어보면 이들을 방아깨비와 같은 존재로 격하시키는 반어적 알레고리가 숨겨져 있다.

그러나 이렇게 자식처럼 소중하게 어르던 방아깨비가 손 안을 빠져나가 날아가 버리자 기쁨과 사랑의 말은 금세 원망과 비난의 말로 바뀐다.

아이코아이코 왠일고 아이코아이코 조화라
[말] 글샀다가 마 다리가 뚝 떨어지가 마 휭 날아가뿐께,
[노래] 아이고 천아천아 풀천아
니개비로(네 아비를) 닮았나 칠안에 오입가노
[말] 그카더란다. 다 했다.

—대구시 동구 불로1동 8, 『한국구비문학대계』 7-13

자식이 아버지를 닮아 칠일도 되기 전에 오입을 간다고 한다. 자신의 품에서 벗어나는 방아깨비를 오입 가는 아버지와 닮았다고 함으로써 겉으로는 방아깨비를 원망하는 듯하지만, 안으로는 오입 가는 남편을 원망한다. 〈방아깨비 노래〉라는 반어적 알레고리를 이용해 시집식구를 격하하고, 자신을 소박하는 남편을 비난하고 있는 것이다. 또한 남편이 칠일도 안 되어 오입을 간다고 함으로써 자식을 낳지 못하는 이유가 자신에게가 아니라 남편에게 있음을

우의적으로 드러낸다.

〈방아깨비 노래〉는 '노래에 대한 노래'이다. 방아깨비의 생김새를 시집식구의 생김새와 비교하는 핵심 노래 '방아깨비 노래'와 이를 부르게 된 연유를 설명하는 배경 노래로 이루어져 있다. 핵심 노래인 '방아깨비 노래'는 방아깨비가 시집식구를 닮았다고 함으로써 시집식구를 희화화한다. 잘 생겼다고 하지만 칭찬으로 들리지는 않는다. 칭찬하는 듯하지만 정작은 깎아내리는 반어이다. 또한 자식을 낳았다는 소식을 들으면 각 지역으로 시집간 고모(시누)들이 갖가지 육아용품을 사갖고 올 것이라 한다. 이는 자식을 보지 못하는 올케에 대한 시누들의 성화가 컸음을 비추는 사설이다. 방아깨비 조카를 위해 산후조리 용품과 육아 용품을 사들고 올 고모들을 열거하는 것 역시 그들의 성화를 조롱하는 반어적 알레고리다. 시집식구를 이렇게 반어로 표현하는 데에는 시집식구로부터 받은 가계 계승에 대한 압박과 그에 대한 불만이 자리 잡고 있음을 보여준다.

배경 노래는 이 '방아깨비 노래'를 부르는 여자에 관한 이야기로 되어 있다. '방아깨비 노래'를 부르는 여자는 아이를 못 낳은 여자이다. 여자는 아이를 못 낳은 것이 한이 되어 절에 가서 불공을 드리거나 용하다는 점쟁이를 찾아가 점을 보고 오는 길에 방아깨비를 얻게 된다. 아무리 자식에 환장이 되었다고 하더라도 방아깨비를 자식으로 착각했다는 것은 있을 수 없는 일이다. 그러므로 방아깨비를 자식으로 착각한 여자는 아주 어리석고 바보스런 여자로 여겨진다. 그런데 이 어리석고 바보스런 여자가 '방아깨비 노래'를 부름으로써 우회적으로 시집식구를 조롱하고 있다.

〈방아깨비 노래〉는 겉으로는 아이 못 낳는 여자를 시집식구들보다 열세에 놓는 듯하지만, 안으로는 아이 못 낳는 여자를 시집식구들에 비해 우위에 놓는다. 즉 행동 면에서는 어리석고 열등해 보이지만 인식 면에서는 반어를 통해 시집식구를 격하시킴으로써 시집간 여자를 우위에 놓는 전복을 꾀한다. 그러므로 이 노래는 여자가 아이를 낳지 못해 받는 압박에 대한 불만과 비판을 어리석은 여자에 대한 연민과 해학으로 숨겨놓고 있는 셈이다. 즉 실제 현실의 내가 '방아깨비 노래'를 부르는 것이 아니라 노래 속 여자가 '방아깨비 노래'를 부르는 것이다. 반어를 해학 속에 숨겨놓음으로써 반어로 인한 심리적 부담감으로부터 벗어날 수 있는 것이다.

〈방아깨비 노래〉는 자식을 낳지 못하는 여자로서 겪는 고통을 방아깨비를 자식으로 여기는 환상에 빠진 여자에 빗대어 우의적으로 노래한다. 자식을 낳지 못하므로 당연히 시집식구를 비롯한 주변사람들로부터 정신적 육체적 압박을 받았을 것이다. 그녀가 부른 〈방아깨비 노래〉에서 방아깨비의 모습이 시집식구의 모습을 닮았다고 하는 것은 의미심장하다. 며느리의 목소리를 통해 시집식구가 졸지에 방아깨비와 같은 존재로 격하되는 것이다. 이는 자식(아들)을 낳아야만 비로소 시집식구의 일원으로 인정했던 시집식구들의 맹목적인 강요에 대한 비판으로 읽힌다. 나아가 이런 인식을 불문율처럼 공유했던 당대 사회의 억압과 폭력을 조롱한다. 우리네 어머니들이 이 노래를 함께 부르며 마음껏 웃을 수 있었던 이유가 바로 여기에 있다.

마음껏 이야기하고 노래하라

〈꿩 노래〉와 〈방아깨비 노래〉는 둘 다 시집간 여자가 동물 또는 곤충을 통해 시집살이의 어려움을 우화적으로 그려내고 있는 이야기노래이다. 두 노래 모두 겉으로는 시집살이 삼년 동안 벙어리로 살라는 가르침을 곧이곧대로 듣고 말을 하지 않았던, 또는 자식(아들)을 낳지 못하는 데에 대한 압박감으로 방아깨비를 자식으로 착각했던, 어리석은 여자들의 우스꽝스러운 행동을 조롱하는 듯하면서도, 뒤집어보면 오히려 시집간 여자에게만 오로지 시집살이의 시련과 가계 계승의 책임을 부과했던 시집식구를 비롯한 당대 사회를 비판하고 있다. 즉 두 노래는 노래 속 여자를 어리석은 인물로 극단적으로 형상화함으로써, 여자가 추종하려 한 사회적 억압을 비웃고 있다. 그러므로 실제 웃음의 대상은 어리석은 여자가 아니라 이들을 어리석게 여기는 사회이다.

자신들에게 가해지는 억압을 마음 놓고 이야기할 수 없었던 사회, 그 사회 속에서 우리네 어머니들이 찾은 돌파구가 바로 이들 노래였다. 〈꿩 노래〉와 〈방아깨비 노래〉를 부르며 자신들 스스로를 어리석은 여자로 둔갑시켰던 어머니들, 하지만 그 어리석은 여자들은 전혀 어리석지 않았다. 노래 속뜻을 알아채지 못하는 이들 앞에서 그들만의 노래를 마음껏 즐겨왔으니 말이다.

그런데 과연 오늘, 여기, 우리는 어떠한가. 우리는 우리를 억압하는 현실에 맞서 어떤 이야기노래를 부르고 있는가. 어쩌면 우리는 겉으로는 똑똑한 체 하지만, 정작 자신의 목소리를 잃어버린 바보가 돼가고 있는 것은 아닐까. 이제부터라도 자신의 목소리를 찾아 마음껏 이야기하고 노래해야 하지 않을까. 우리네 어머니들이 그러했듯이.

중이 된 며느리 노래
: 친정과 시댁의 경계를 넘다

열두폭 주리치매 줄만잡고 말만집어
세폭뜯어 장삼허고 두폭뜯어서 바랑을 짓고
머리를깎고 깎고 또깎고 두밑머리 마저깎고
눈물이 치매앞이 강변이 되었구나
바랑을 짊어지고 대문밖에 나가는데
중노릇을 성낙을씨고 갈거나
내나이 열다섯먹은 초립댕이
대문앞에 쏙들어섬성 못가느니 못가느니
중노릇을 갈라고 성낙을 씨고가니
저기 친정땅에를 가서보니
쏙들어심성 요집이 동냥조깨 주시라고
즈거머니가 쏙나심성 아이고 우리딸도 도심해라

즈가바니 쏙나심성 우리딸도 도심하네

우리올캐 정지에서 우리시뉘 도심허네

뱁일라끈 짓걸라끈 짓소마는 소밥으로 지어주소

시가동네 찾아와보니 쑥대밭이 되았구나

시금시금 시어머니 산소를 둘러보니 시살꽃이 피었구나

시금시금 시뉘애기 묏솔보니 여시꽃이 피었구나

서방님 뫼솔보니 함박꽃이 피어갖고

묏등문이 딱벌어져 나비되어 들어가네

―곡성군 곡성읍, 새터 152, 『한국서사민요의 날실과 씨실』

5

친정과 시댁의 경계를 넘다
〈중이 된 며느리 노래〉

가족에서 가장 낮은 존재, 며느리

　전통 사회에서 시집간 여자―며느리는 가족 내에서 어떤 존재였을까. 며느리는 혈연 중심의 전통 가족에서 부차적인 존재로, 가계 계승을 위한 자녀 출산과 양육의 도구로 여겨졌다. 어떤 이들은 서구 사회의 여성들이 혼인을 하면 남편의 성을 따라야 하는 것에 반해, 우리 전통 사회 여성들이 자신의 성을 유지할 수 있었던 것은 오히려 우리 사회의 여권이 높았음을 보여준다는 괴이한 논리를 펼치기도 한다. 하지만 우리 여성들이 남편의 성을 받을 수 없었던 것은 어쩌면 언제고 내쳐질 수 있는, 남의 식구였기 때문은 아닐까. 그렇기에 다른 성을 가진 사람들의 집단―가족에 비혈연자로서 새로 편입되어 온 며느리는 가장 낮은 지위에 놓이게 마련이었다.

　이는 시집간 여자가 자신보다 나이 어린 시동생이나 시누를 '도련님', '아가씨'라고 부르며, 존댓말을 써야 하는 데 뚜렷하게 나타나 있다. 도련님이나 아가씨란 호칭은 종이 주인집의 결혼하지 않은 남자아이나 여자아이를 부르는 호칭과 같다. 며느리에게는 시집 가족 내에서 어떠한 권리도 주어지지 않았다. 단지 시부모를 봉양하고 순종해야 하며, 나아가 모든 시집 가족 구성원의 식사, 빨래, 청소 등의 뒷바라지를 위해 희생하고 봉사하며 복종해야 할 의무만이 주어졌다.

이 과정에서 며느리들이 겪는 고통과 시련은 한국의 여자들이 통과하여야 할 관문이며 반드시 거쳐야 할 일종의 통과의례요, 입사 의례(initiation)의 하나로 여겨지기도 했다. 일단 아들을 낳은 후 어머니, 시어머니의 지위에 놓이면 그러한 고통은 끝나고 어느 정도 지위와 권리가 주어진다는 것이다. 그러나 그 통과의례는 유독 여자에게만 주어진 불공평하고 비인간적인 것이었으며, 시집간 여자들 자신은 이를 당연한 과정으로 기꺼이 받아들이지 않았다는 데에 문제가 있다. 시집간 여자들이 자신들의 솔직한 목소리로 이 문제를 드러낸 노래가 바로 〈시집살이 노래〉이며, 그 〈시집살이 노래〉 중 가장 많은 수의 각편을 가지고 있는 노래가 바로 〈중이 된 며느리 노래〉이다.

〈중이 된 며느리 노래〉는 한결같이 시집간 여자가 시집식구들로부터 갖은 멸시와 고난을 받는 데에서부터 시작한다.

> 열다섯에 시집오니 나작다고 숭일레라
> 키작다고 숭일레라 구석구석 숭일레라
> 시집온지 사흘만에 아침진지 지어놓고
> 방방이 들어가서
> 아직조석 늦었니더 아직조석 잡우시소
> 시금시금 시아버님

아직조석 늦었니더 아즉조석 잡우시소
이미늘아 저미늘아 너나먹고 개나조라
시금시금 시어머님
아즉진지 늦었니더 아즉진지 잡우시소
이미늘아 저미늘아 너나먹고 개나조라
사랑문 열어치고 중머심아 상머심아
아즉진지 늦었는데 어서먹고 들로가자
요쥔네야 조쥔네야 너나먹고 개나조라

　　　　　　　　　　－안동시 서후면 18, 『한국구비문학대계』 7-9

　열다섯에 시집 온 새색시를 시집식구는 모두 흉을 본다. 키가 작다고, 살림을 못한다고 구석구석 모여 앉아 며느리에 대한 험담을 한다. 심지어 머슴들조차 어린 며느리의 말을 듣지 않는다. 시집온 지 사흘 만에 어렵사리 대가족 식구들의 아침 식사를 지어 내놓지만, 시댁 식구들은 하나같이 "너나 먹고 개나 주라"는 모욕적인 말을 하며 밥상을 내친다. 열다섯이면 이제 중학교 2학년이나 됨직한 어린 나이이다. 그 나이에 낮선 곳에 시집 가 겪게 되는 시집식구들의 온갖 냉대와 힘겨운 노동은 가히 정신적, 신체적 '폭력'에 견줄 수 있을 만큼 가혹한 것이었다.

'시집살이'라는 이름의 굴레

　〈중이 된 며느리 노래〉는 가족 내에서 가족으로서의 대접을 제대로 받지 못한 여자, 시집간 여자가 시집식구로부터 터무니없는 구박과 멸시를 받고 집을 나가 중이 되는 노래이다. 시집식구가 시집간 여자에게 가하는 행위는 같은 '사람'으로서 도저히 받아들이기 어려운 비인간적인 행위이다. 이러한 행위는 한 혈연의 친족들이 그 혈연에 편입되고자 하는 이에게 행하는, 즉 가족의 이름으로 행하는 폭력과 다르지 않다. 이를 우리 사회에서는 '시집살이'라고 부른다.

하지만 〈중이 된 며느리 노래〉를 보면 정작 시집살이하는 여자들은 결코 이러한 사회의 규범과 관습을 그녀들의 내면 속에 받아들이지 않았음을 알 수 있다. 여자들은 자신들이 당한 대우가 부당한 것임을 노래를 통해 이야기했다.

> 시집 온제 사흘만에 밭을 매러 가라하네
> 은가락지 찌던 손에 호멩이 자루 웬일인가
> 지름머리 하던 머리 똥펀지기(똥담는 기구) 웬일이냐
> 똥펀지기 머리 이고 호멩이 자루 손에 들고
> 밭을 매러 가서 보니
> 사래 질고 광 너른 밭 목메겉이 지섰구나(우거졌구나)
> 한 골 매고 두 골 매고 삼세 골을 매고 나니
> 즘심참이 지였구나
> 집이라고 돌아 와서 대문안에 들어 서니
> 머슴놈에 거동보소
> 여보시오 새아씨님 밭을 멘골 매었어요
> 한 골 매고 두 골 매고 삼세 골을 매었노라
> 그길싸나 일이라고 점심참을 찾아오요

사랑마당 들어서니 시아버님 문지방을 뚜디리민

어제 온 새메늘아 아래 온 새메늘아

밭을 몇골 매었느냐

한 골 매고 두골 매고 삼세 골을 매었어요

그길싸나 일이라고 점심참을 찾아오나

안마당에 들어서니

꼬치겉은 시어머니 마리장을 뚜디리며

어제 온 새메늘아 아래 온 새메늘아

밭을 몇골 매었느냐

한 골 매고 두 골 매고 삼세 골을 매었어요

그길싸나 일이라고 점심참을 찾아오나

정지문 앞 들어서니 앵두같은 시누씨가

부지땡이로 정지문턱 뚜디리민

어제 온 새올캐야 아래 온 새올캐야

밭을 몇골 매었어요

한골 매고 두골 매고 삼세골을 매었어요

그길싸나 일이라고 점심참을 찾아오요

방이라고 들어가니 밥이라고 주는 거는

삼년묵은 꽁보리밥 딩기장(보리등겨로 만든 장)을

한숟갈에 밥이라고 주는구나

-영동군 용산면, 『한국민요대전』 충북 2-20

　시집온 지 사흘 만에 밭을 매러 가라고 한다. 은가락지 끼던 손에 호미 자루를 들고, 동백기름을 곱게 발라 가르던 머리에 더러운 똥지기를 이고 밭으로 나간다. 곱고 귀하게 자랐던 시집오기 전 모습은 어느 순간에 사라지고, 초라하고 냄새 나는 차림으로 혼자 밭으로 나가야 했던 어린 새댁의 비통한 심정은 "~~은 웬일인가" 하고 되뇌는 한탄 속에 여실히 나타나 있다. 그러나 그보다 더 새댁을 비참하게 만든 것은 삼세골이나 밭을 매고 난 뒤 점심참이 오지 않아 돌아온 집에서 시집식구들이 내뱉은 "그걸싸나 일이라고 점심참을 찾아오나" 하는 차가운 대답이며, 밥이라고 주어진 "삼년묵은 꽁보리밥에 딩기장 한숟갈"이었다.

며느리들이 겪었던 '시집살이'라는 이름의 폭력은 이외에도 매우 다양하게 나타난다. 시집간 여자가 정성들여 마련한 반찬을 시집식구들이 타박만 한다든지(새터 2, 『한국서사민요의 날실과 씨실』), 아무런 이유 없이 시집간 여자에 대한 흉을 본다든지(새터 57, 『한국서사민요의 날실과 씨실』), 혼자서 고되게 밭을 매고 들어왔는데 일찍 왔다며 야단을 친다든지(『한국민요대전』 전북 2-29, 전남 19-13), 실수로 깨뜨린 그릇을 친정에 가서 물어오라고 한다든지(먹굴 68, 『한국서사민요의 날실과 씨실』), 시누가 저지른 잘못을 시집간 여자에게 뒤집어씌운다든지(새터 49, 『한국서사민요의 날실과 씨실』) 등 인간적인 수치심과 모멸감을 주는 행동들이다.

특히 시집간 여자는 시집오기 전 친정에서의 생활, 다른 시집식구들의 생활에, 현재 자신에게 가해지는 모습을 비교하면서 대우의 부당성을 자각하게 된다. 이는 "포죽(팥죽)끓에 웃국뜨고 / 콩죽끓에 웃국뜨고 / 부땡(부뚜막)이 생(상)이든가 / 앉아묵젱이 웬갈잖네 / 서서 묵자니 남부끄럽고 / 수저를 놓고 엉덩덩 내려가 / 제방으로 곤돌아든다."(먹굴 114, 『한국서사민요의 날실과 씨실』)와 같은 표현에 잘 나타나 있다. 시집간 여자는 다른 시집식구와는 달리 멀건 국물만을, 그것도 방이 아닌 부뚜막에 따로 앉아서 먹어야 하는 불평등한 대우를 받는다. 하루 종일 일하고 나서 밥이라도 다른 식구들과 마주 앉아 오순도순 먹을 수 없다는 것은 누구에게도 보여줄 수 없는 '남부끄러운 것'이었다.

이러한 대우에 노래 속 시집간 여자들이 택한 대응이 바로 중이 되어 집을 나가는 것이다. 여기에서 시집간 여자가 중이 된다는 것은 언뜻 생각하기에 소극적인 도피나 좌절로 여겨지지만, 거기에 내포된 의미는 아주 저항적이고 비판적이다. '중노릇이 시집살이보다 차라리 낫다.'거나 '너희 집 아니면 못 살라디야.'하는 생각이 작용한 시집식구에 대한 반발인 것이다. 즉 중이 된다는 것은 가족에 대한 일체의 의무를 벗어버리는 것으로서 자신을 속박하는 '시집살이'라는 굴레에서의 이탈을 꿈꾸는 것이다.

삼종지도—어려서는 아버지에게, 혼인을 해서는 남편에게, 노후에는 아들에게 의지해야 하는 가르침을 무수히 들어왔을 전통 사회의 여자에게 이 굴레를 벗어던진다는 것은 웬만한 용기와 결의로는 불가능한 것이다. 〈중이 된 며느리 노래〉에는 바로 이러한 규범에 대한 도전과 저항이 담겨 있다. 시집간 여자들이 이 노래를 혼자 밭을 매면서, 또는 같은 또래들끼리 모여 길쌈을 하면서 부르고 또 불렀던 것은 바로 이 부당한 '시집살이'의 굴레에서 벗어나고픈 욕구의 표현이었다.

죽어서라도 이루고픈 남편과의 사랑

중이 되고 나서야 시집간 여자는 비로소 친정을 찾아갈 수 있었다. 시집간 여자는 시어른들의 허락이 있기 전에는 친정조차 마음대로 갈 수 없었던 것이 현실이었다. 그러나 중이 된 처지로서 자신이 딸임을 떳떳이 밝힐 수 없었던 딸은 밑 빠진 자루에 동냥을 받아 조금이라도 친정어머니 곁에 오래 머물고자 한다. 땅바닥에 흩어진 쌀을 젓가락으로 한 톨 한 톨 주어 담는 여자의 모습은 시집간 여자가 정서적으로는 친정식구들과 함께 하면서도 현실적으로는 그렇게 할 수 없는 비극적 상황을 극명하게 보여준다. 결국 시집 간 '출가외인'인데다가 중이 된 여자는 친정에도 머물지 못하고 다시 길을 떠난다.

친정곳에 동냥가니 대청에 내리시는
어머님 하신말쌈
삽작걸에 저대사는 우리딸이 흡사하다
조선팔도 다댕기만 같은사람 쌨습니다
올키형님 나오민서
삽작걸에 저대사는 우리시누 흡사하다
조선팔도 다댕기만 같은사람 많습니다
찹쌀주까 좁쌀주까 좁쌀주오
밑없는 자룰 대고 받으니 다흘렀어
칭이주까 빗자리주까 빗자리도 내사싫고
칭이도 내사싫소 저분(젓가락) 주소 저분주소
하나둘 찍다보니 그러구러 해가졌어
하룻밤만 재어주소 곳간에다 재어주소
달은밝아 명랑한데 큰방에 저어머니
우리딸랑 여게두고 무슨잠이 그리오요
["그 소리를 듣고 어머니가 알고 오니까 그새 가뿌리고 없어."]

−성주군 초전면 30, 『한국구비문학대계』 7−5

마지막으로 중이 된 여자가 찾은 곳은 자신을 구박한 시집 동네이다. 그러나 시집간 여자가 시집에 가 보는 것은 갈 곳이 없어 어쩔 수 없이 간 것이 아니라, 자신이 한동안 몸을 담았던 '가족'에 대한 자신의 마음을 확인하기 위한 것이 아닐까 한다. 이때 시집이 쑥대밭이 되어 있고 시집식구가 모두 죽어 있다. 노래를 부르는 사람들은 이것이 시집식구들이 며느리에게 패악을 부렸기 때문에 벌을 받은 것이라고 입을 모은다.

더구나 노래에서는 시집식구들의 무덤에 그들의 며느리에 대한 평소 태도를 상징하는 꽃들이 피어 있음을 그려냄으로써 시집식구의 학대에 대한 응보를 온 세상에 드러내고 있기까지 하다.

> ["그래서 이자 중노릇을 하다가는 그도 본 남편 생각이 간절해서 또 시가에 고향을 가 갖고는 전부 문안한테 다 이암을 드려 놓고는 즈그 선산이 어디냐고 무덤을 가 물응게로 다 가르쳐 주드라네. 그 댁이 다 긍게, 정악을 시켜서는 다 좋은 것 없어. 다 총총이 죽었드라네. 총총히 다 죽어 갖고는 저"]
>
> 시어매 뫼소에 가서봉게 호령꽃이 피었드네
> 시아바니 뫼소에 가서보니 꾸지람꽃이 피었다네
> 시뉘애기 뫼소에 강게 시살방구꽃이 피어 너울너울 하드래
> 서방님 뫼소에 강게
> 함박꽃이 피어서 너울너울 하드래
> ["게, 젊은 각시도 고 노래를 부르면서 울대."]
>
> ―곡성군 곡성읍, 새터 8, 『한국서사민요의 날실과 씨실』

시집식구들은 꽃이 되어 무덤 위에 피어 있다. 시어머니 묘소에는 '호령꽃'

이, 시아버지 묘소에는 '꾸지람꽃'이, 시누애기 묘소에는 '시살방구꽃'이 피어 있다. 자신에게 갖은 구박을 다한 그들은 죽어서도 살아생전의 자신들의 행동을 벗어날 수 없는 것이다. 시집간 여자는 그들이 자신에게 대한 부당한 대우가 죽음으로써 소멸되어 버리고 마는 것이 아니라, 죽어서도 생전의 행동을 대변하는 꽃들로 피어남으로써 자신들의 행위를 보상해야 함을 노래하고 있는 것이다.

하지만 유일하게 남편의 묘소에는 '함박꽃'이 피어 있다. 이는 노래를 부르는 사람들의 마음속에 남편만은 자신을 사랑해 준 따뜻한 존재로 남아있음을 나타내준다. 많은 각편에서 여기에 덧붙여 남편의 묘소가 벌어져 여자가 그 속으로 들어간다든지(새터 120, 새터 152, 『한국서사민요의 날실과 씨실』), 두 사람이 함께 신선이 되어 하늘로 올라간다든지(『한국민요대전』, 충북 2-20) 등 환상적 결말을 맺고 있는데, 이는 시집간 여자가 현실에서 이루지 못한 사랑을 죽어서라도 이루고자 하는 강렬한 기대를 표현한 것으로 볼 수 있다.

> 십년을 그 절에서 지내다가 시집 고향 찾아오니
> 집이라고 들다 보니 쑥대밭이 되었구나
> 시어머니 시아버지 뫼를 찾아 가서 보니 묵뫼(묵은 묘)가 되어있고
> 시누에 뫼에는 강살꽃이 피어있고
> 남편 뫼에 찾아가서 묏두럭에 엎드레서 대성통곡 하다보니
> 난데없이 천둥하고 소낙비가 쏟아질 때
> 뫼가 떡 갈라질제 묏속에서 신선이 나오더니
> 그 부인을 둘쳐 업고 하늘로 올라가서
> ["하늘로 올라가서 선녀가 되고 일월선관이 돼 가지고 그래 잘 살드랴."]
> —영동군 용산면, 『한국민요대전』 충북 2-20

이렇게 마지막 장면에서 시집간 여자가 남편의 무덤 속으로 들어간다든지, 남편과 함께 한 쌍의 나비가 되어 하늘로 올라간다든지 하는 것은 시집간 여자가 진실로 원하는 삶의 모습이 무엇인지를 뚜렷이 보여준다. 즉 그것은 아무런 억압이 없는 자유로운 상태에서 이루어지는 남편과의 진정한 결합이다. 남편과의 자유로운 사랑의 결합, 그것은 기존 가족의 울타리 안에서는 불가능한 것이었다. 곧, 그 기대는 이 현실에서는 불가능한 것, 그러기에 죽어서, 이승을 떠난 초현실적인 결합으로 그려내는 것이다.

사랑으로 맺어진 새로운 공동체-가족을 위하여

〈중이 된 며느리 노래〉는 시집간 여자가 새로 혼입해 들어간 가족으로부터 아무런 사랑과 배려를 받지 못한 채 부당한 억압과 폭력을 받다가 친정과 시댁의 경계를 넘어 일탈을 감행하는 노래이다. 그러므로 〈중이 된 며느리 노래〉에는 시집간 여자에게 요구되는 전통적인 이념과 가족이라는 제도를 과감하게 탈피하여 사람으로서의 자유를 찾고자 하는 강한 의지가 드러나 있다. 이러한 의지는 결국 며느리에게 부당한 대우를 했던 시집식구로부터 자유롭게 벗어나 사랑에 의한 새로운 공동체에 대한 기대로 확장된다.

여자가 중이 되어 집을 나간 후 친정을 거쳐 시댁으로 돌아오는 과정은 시집간 여자의 '자기를 찾기 위한 여행'이라고 할 수 있다. 이 과정에서 시집간 여자는 자신이 친정과 시집 어느 가족에도 속하지 않음을 뼈저리게 깨닫고 새로운 삶을 찾는 자각을 하게 된다. 시집간 여자가 진정으로 추구했던 것은 모든 억압을 벗어난 자유로운 상태에서의 남편과의 결합이다. 그 바람이 묘가 벌어져 남편의 묘로 들어간다든지, 나비가 되어 함께 하늘로 날아간다든지 하는 것으로 나타나는 것이다. 시집간 여자는 비록 이 현실 세계에서는 이룰 수 없었지만, 초현실 세계에서라도 남편과 진정한 사랑을 나눌 수 있기를 강렬하게 바랐던 것이다.

그러므로 시집간 여자가 가장 원했던 것은 기존 가족 제도에 얽매이지 않는 부부간의 진실한 사랑, 그 사랑에 기반한 새로운 가족임을 알 수 있다. 이러한 가족은 종속 관계로 이루어진 가부장적 집단이 아니라 상호 배려로 이루어지는 동등한 관계의 공동체일 것이다. 시집간 여자가 바라는 새로운 가족은 성에 의해, 위계에 의해 억압되거나 차별받지 않는, 가족 구성원 모두가 동등한 존재로서 자신의 의지를 펴나갈 수 있는, 바로 '사랑'이라는 이름으로 맺어진 평등하고 민주적인 가족이 아니었을까.

사랑으로 맺어진 새로운 공동체, 가족—오늘도 여전히 여자들은 꿈꾼다.

셋,

억압을 넘어선
새 세상을 노래하다

쌍가락지 노래
: '순결'이란 이름이 불러온 비극

쌍금 쌍금 쌍가락지 호작질로(손장난질로) 닦아내여

먼데 보니 달일레라 저테 보니 처잘레라

그 차자 자는 방에 숨소리가 둘일레라

홍둘바시 오라버님 거짓말씀 말아주소

동남풍이 디리부니 풍지(문풍지) 떠는 소릴레라

주꾸지라(죽고싶다) 죽고지라

밍지수건(명주 수건) 목을 매고 자는 듯이 죽고지라

엄마 우리 엄마 요내 나는 죽거들랑
앞산에도 묻지 마고 뒷산에도 묻지 마고
연대밭에 묻어 주소
연대 꽃이 피거덜랑 날만 이기(여겨) 돌아보소
눈이 오마 쓸어주고 비가 오마 덮어주소

-고령군 성산면, 『한국민요대전』 경북 3-11

1

'순결'이란 이름이 불러온 비극
〈쌍가락지 노래〉

달 같은 처녀에게 생긴 일은

"영남 민요 중 가장 보편적이며 아름다운 것 중의 하나"(고정옥, 『조선민요 연구』)로 꼽힌 노래, 하지만 그 아름다운 노래는 결코 아름다운 이야기를 전하지 않는다. 달 같이 어여쁜 시집 안 간 처녀가 휘말린 염문은 걷잡을 수 없이 퍼져 급기야는 오빠 귀에까지 들어갔고, 이를 진실로 여긴 오빠는 동생을 추궁한다. 동생은 헛된 소문임을 강변하지만 한 번 씌워진 의심은 쉽사리 풀리지 않는다. 결국 처녀는 스스로 목숨을 끊음으로써 자신의 순결을 증명한다. 고정옥은 이 노래를 '정렬가'로 분류하고 "처녀가 순결을 의심받고 죽음으로써 항변한 노래"라 설명하고 있다. 일명 〈쌍가락지 노래〉이다.

〈쌍가락지 노래〉는 어느 노래랄 것 없이 모두 "쌍금쌍금 쌍가락지 호작질로 닦아내어 / 먼데보니 달일러니 곁에보니 처잘레라"라고 시작한다. 호작질은 경상도 사투리로 손장난을 말한다. 노래의 서두에는 쌍가락지를 호작질로 윤이 나게 닦아내어 손끝에 치어 들고 들여다보는 화자의 시선이 제시된다. 화자의 시선은 쌍가락지에서 달로, 달에서 다시 처자에게로 옮아간다. 호작 질로 닦아낸 쌍가락지, 쌍가락지 사이로 들어온 달, 가락지 속에 들어온 처녀 는 모두 눈부시게 아름답다. '쌍금쌍금 쌍가락지'에서 울려나오는 경쾌한 운 율과, '달과 처자'가 빚어내는 신비로운 이미지는 노래를 부르고 듣는 이들을 잠시나마 환상의 세계로 이끌어 들인다.

그러나 그것도 일순간. 노래의 분위기는 일시에 뒤집어지며 노래를 부르고 듣는 이들을 환상에서 깨어나게 한다. "그 처자의 자는 방에 숨소리도 둘일 레라 / 말소리도 둘일레라"라고 한다. 시집도 안 간 처녀 방에서 숨소리가 둘 이라니! 도저히 있을 수 없는 일이다. 그런데 가만히 진정하고 돌이켜 보면, 모든 것이 불확실 투성이이다. 정말 처녀가 부정을 저지른 걸까. 처녀의 부 정을 직접 본 것은 아니지 않은가. 단지 '소리'만 들은 것 않은가. 과연 누가 이 소리를 들은 걸까. 누군가가 한밤중에 처녀 방 앞까지 와서 귀를 기울였 다는 것 아닌가. 도대체 그 밤중에 달 같은 처녀에게 무슨 일이 일어난 걸까.

오빠의 의심과 처녀의 항변

〈쌍가락지 노래〉는 여동생이 부정을 저질렀다고 생각하는 오빠의 말과 이 를 부인하며 항변하는 여동생의 말이 서로 대립하고 있다. 특이한 것은 오빠 의 말은 오빠가 여동생에게 직접 하는 말이 아니라, 제3자의 말을 그대로 옮 기고 있는 전언이라는 점이다. 오빠의 말대로라면 "동생 혼자 자는 방에 숨소리가 둘일레라" 또는 "네가 혼자 자는 방에 숨소리가 둘일레라" 해야 하나 "처자 혼자 자는방에 숨소리가 둘일레라" 함으로써 다른 사람의 말을 그대로 전하고 있는 것이다. 이는 여동생의 부정을 오빠가 직접 본 것이 아니라 다른 사람의 말을 전해들은 것임을 말해준다.

> 쌍금쌍금 쌍가락지 호작질로 닦아내야
> 먼데보니 달일레라 곁에보니 처절레라
> 저처제라 자는방에 숨소리가 둘일레라
> 홍달박씨 오라바님 거짓말씀 말아주소
> 동남풍이 디리불어 풍지떠는 소릴레라
> 죽고지라 죽고지라 자는듯이 죽고지라
> 아홉가지 옷을입고 열두가지 약을먹고
> 자는듯이 죽고지라 요내날랑 죽거들랑
> 앞산에도 묻지말고 뒷산에도 묻지말고
>
> —상주군 화서면 3, 『한국구비문학대계』 7-8

사건의 발단은 '쌍가락지'에서부터 온다. 쌍가락지를 잘 닦아 멀리 보면 달 같더니, 가까이 보면 처자 같다고 한다. 처자의 얼굴이 달과 가락지처럼 둥글고 빛이 나는 아름다움을 지녔음을 묘사하는 대목이다. 쌍가락지는 흔히 혼인의 징표로 주고받는 것으로서, 처자를 쌍가락지에 비유하는 것은 처자가 이미 혼인할 나이에 이른 과년한 처자임을 나타내는 것이다. 그런데 그 처자가 자는 방에서 숨소리가 둘이 난다고 하는 것은 처자가 외간남자와 잠자리를 함께했다고 하는, 처자의 부정을 의심하는 말이다. 여기에서도 "저처제라 자는방에 숨소리가 둘일레라"라고 함으로써 오빠의 말이 아닌 누군가의 말로 되어 있다. 즉 오빠의 말은 단지 오빠만의 생각이 아니라 다른 사람들의 생각이며, 오빠는 그 생각의 대변자임을 보여준다.

이에 처자는 그 소리가 숨소리가 아니라 바람에 떨려 나오는 문풍지 소리라고 항변을 한다. 노래에 따라 처자의 변명은 여러 가지로 이어지기도 한다.

> 홍돌복숭 양오랍아 거짓말씀 하지마소
> 남남풍이 딜이불어 풍지떠는 소리로세
> 놋종지다 불을써서 지름닳는 소리로세
>
> —의령군 의령읍 31, 『한국구비문학대계』 8-10

> 홍당봉숭 울오라배 거짓말씸 말아주소
> 조그만은 제피방(옆에 딸린 좁은 방)에
> 물레놓고 베틀놓고 지름닳는 소리로세
> 동남풍이 디리불어 풍지떠는 소리로세
> 바늘당새이(반짇고리) 옆에놓고 명광주리(무명 광주리) 옆에놓고
> 둘이잘데 어디있소
>
> —의령군 칠곡면 2, 『한구구비문학대계』 8-10

즉 두 개의 숨소리로 들었다는 것은 '바람에 문풍지 떠는 소리'이거나 '놋종지에 기름 닳는 소리'일 것이라고 한다. 나아가 처녀는 자신이 누운 조그마한 제피방에 물레 놓고 베틀 놓고 반짇고리와 무명 광주리까지 옆에 놓고 둘이 잘 데가 어디 있느냐고 되묻는다. 그러나 원래 소문은 당사자의 이유가 늘어나면 늘어날수록 의심은 더 증폭되기 마련이다.

이 노래는 이렇게 오빠와 여동생의 대립을 첨예하게 제시하기만 한다. 오

빠는 여동생이 정절을 지키지 못했다고 하고, 여동생은 자신이 정절을 지켰다고 한다. 오빠는 확대하면 남성이자 사회적 존재라고 한다면, 동생은 여성이자 개인적 존재이다. 그러므로 이 노래는 한 개인적 존재인 여성이 사회적 존재인 남성으로부터 정절을 의심받는 상황을 보여준다. 이러한 상황 속에서 여성은 사회를 살아나갈 수 있는 기반을 잃고 만다. 오빠 - 남성 - 사회는 순결을 잃은 여성을 사회 밖으로 몰아낸다. 결국 여성이 택할 수 있는 유일한 방법은 죽음을 선택하는 것뿐이었다.

> 쌍금쌍금 쌍가락지 호작질로 닦아내야
> 먼데보니 달일로세 젓에보니 처자로세
> 그처자라 자는방에 숨소리가 둘이라네
> 홍달복숭 오라바님 거짓말씀 말아시오
> 동남핑이 디리불어 풍지떠는 소리로세
> 은종지라 놋종지라 지름닳는 소리로세
> 그리해도 아니돼서 아렷방에 내리가서
> 아홉가지 약을먹고 열두가지 옷을입고
> 명지전대 목을잘라 자는듯이 가고없네
>
> ─거창군 웅양면 28, 『한국구비문학대계』 8-5

처녀는 여러 가지 방법으로 스스로를 변호해 보지만, "그리해도 아니돼서" 결국 죽음을 택한다. 정절을 훼손했다는 치욕을 안고 사느니보다는 죽음을 택하는 것이 낫다는 판단 때문이다. 이는 처녀 개인의 선택이기에 앞서 오빠를 비롯한 남성 중심 사회의 보이지 않는 강요 때문이기도 하다. 혹시 처녀가 오빠의 말처럼 부정을 행한 것은 아닐까 하는 의심을 품는 사람도 있을지 모르겠다. 하지만 설령 그렇다 하더라도 그것이 정녕 처녀가 이 세상을 떠나야 할 만큼 중죄인가. 〈제석님네 따님애기〉라는 노래에는 식구들이 모두 나가고 따님애기만 남은 집에 중이 시주를 받으러 왔다가 하룻밤 자고 간다. 집에 돌아온 식구들이 집안에서 중 내가 난다면서 따님애기를 죽이려고 한다. 이때 칼을 가는 이들이 오빠들이다. 남자들에게 집안 여성들의 '정조'는 가문의 순수성을 지키는 방패였고, 가문의 명예를 이어나가는 길이었다. 그러므로 여동생의 순결은 남자인 오빠의 명예, 출세와 긴밀히 연결되는 것이었다.

결국 〈쌍가락지 노래〉는 오빠로 대변되는 사회로부터 부정을 의심받은 처녀가 죽음으로써 자신의 결백을 증명하려 한 노래로, 조선조 후기 정조 관념이 민요의 향유자들인 평민 여성들에게까지 깊이 뿌리내려 있었음을 나타내 준다. 이 노래 속에는 그러므로 오빠의 의심으로 인해 죽음에 내몰린 처녀의 억울함에 대한 공감과, 그를 그렇게 내몬 '오빠'와 '오빠'로 대변되는 남성중심적 '정조' 관념의 경직성에 대한 비판의식이 담겨 있다.

연꽃으로 다시 피어난 처녀의 몸

〈쌍가락지 노래〉는 부르는 이에 따라 다르다. 어떤 노래는 처녀가 오빠의 말에 항변하는 데서 그치고, 어떤 노래는 처녀가 죽는 데에서 그치기도 하며, 어떤 노래는 처녀가 죽고 난 뒤 연꽃으로 환생하는 데에까지 나아가기도 한다. 죽음으로 끝나지 않고 연꽃으로 다시 피어나는 것은 죽은 이후에라도 자신의 결백을 증명하고자 하는 의지의 표현이라고 할 수 있다.

쌍금쌍금 쌍가락지 호작질로 딲아내여

먼데보니 달일래라 잩에보니 처잘래라

그처자 자는방에 숨소리도 둘일래라

홍달박씨 울오라바씨 거짓말씀 말아주소

풍지떠는 소릴래라 풍지떠는 소릴래라

댓닢겉은 칼을물고 이내나는 죽고지라

이내나는 죽고지라 [아이구, 와 자꾸 말이 안 되노?]

이내나는 죽고지라 명지천대 목을매아

이내나는 죽고지라 이내나는 죽거들랑

뒷산에도 묻지말고 앞산에도 묻지말고

연대밑에 묻어주소 우리동무 날찾거등

뒷산에도 없다하고 앞산에도 없다하고

연대밑에 있다하소

연대꽃이 피거들랑 날인줄로 알어주고

굵은비가 오거들랑 꺼적대기 덮어주고

가는비가 오거들랑

[청중: 삿갓때기 덮어 준다 카데.]

덕시기라 덮어주소

—울주군 언양면 6, 『한국구비문학대계』 8-12

　처녀는 죽으면서 자신을 연대 밑에다 묻어 달라고 한다. 연대 밭에서 피어난 연꽃을 자신으로 여기고 눈비가 오면 삿갓이나 덕석으로 덮어 달라고 부탁한다. 여기서 처녀가 자신의 주검을 산이 아닌 연대밭에 묻어달라고 하는 이유, 눈비가 오면 맞지 않게 보호해 달라고 하는 이유는 무엇일까. 산은 주검이 묻히는 공간으로서 일상의 현실, 가족과 떨어져 있는 공간이라고 한다면, 연대밭은 노동의 공간, 가족과 함께 하는 공간이라고 할 수 있다. 즉 산은 죽음의 공간이라고 한다면 연대밭은 삶의 공간이며, 산은 현실과 떨어진 공간이라고 한다면 연대밭은 현실의 공간이다. 연대밭은 특히 여성들의 노동 공간으로서, 처녀의 어머니나 여동생, 친구들이 늘 드나드는 곳이다. 처녀 역시 생전에 늘 연대밭을 드나들면서 연밥 따는 일을 해왔기 때문에 정든 곳이기도 하다. 그러므로 연대밭에 묻힌다면 멀리 혼자 떨어져 외롭고 무서운 곳에서 지내는 것이 아니라 자신의 동무들과 어머니와 함께한다는 느낌을 가질 수 있기 때문일 것이다.

노래에 따라서는 찾아온 식구나 친구들을 잘 대접하고 특히 친구나 동생에게는 연꽃을 꺾어주라고 당부하는 내용이 덧붙여지기도 한다.

> 내 죽거든 내 죽거든 앞산에도 묻지 말고
> 뒷산에도 묻지 말고 연당밭에 묻어 주소
> 연당꽃이 피거들랑 날만 이게 돌아보고
> 울 아부지 날 찾거등 약주 한 잔 대접하고
> 우리 엄마 날 찾거든 떡을 갖다 대접하고
> 우리 오빠 날 찾거든 책칼 한 잘 대접하고
> 우리 언니 날 찾거든 연지 한통 대접하고
> 내 친구야 날 찾거든 연대밭에 보내주고
> 내 동상아 날 찾거든 연대꽃을 끊어주소
> ─포항시 흥해읍, 『한국민요대전』 경북 14-32

처녀는 죽은 뒤 왜 '연꽃'으로 다시 태어나고자 했을까. 연꽃은 밤에는 꽃

잎을 오므렸다가 아침에 새롭게 피어나는 특성을 지니고 있다. 그래서일까 연꽃은 재생 또는 환생을 상징한다. 〈무량수경〉에서는 연꽃을 정토에 생명을 탄생시키는 화생(化生)의 근원으로 설명하고 있다. 심청이 연꽃 속에서 다시 태어난다든지, 장화 홍련이 죽은 뒤 어머니가 선녀로부터 연꽃을 받는 꿈을 꾼 뒤 두 딸이 다시 태어난다든지 하는 소설 속 모티프도 모두 이러한 환생의 믿음이 형상화한 것이다. 〈쌍가락지 노래〉에는 연대밭에 묻혀 연꽃으로 피어남으로써 이 세상에 다시 태어나기를 기대하는 처녀의 염원이 담겨있다.

또한 연꽃은 진흙과 같은 더러운 곳에서 피어나는 꽃으로 '청정무구함'을 뜻한다. 〈애련설〉에서 연꽃을 군자의 꽃이라 하며, "연은 진흙에서 났으나 더러움에 물들지 않고 맑은 물에 깨끗이 씻기어도 요염하지 않다."고 한 것도, 연꽃의 꽃말을 순결, 청정, 순수한 마음 등으로 일컫는 것도, 연꽃이 결코 주변의 환경에 오염되지 않고 아름답게 피어나 주변을 정화하는 속성을 지니고 있기 때문이다. 그러므로 처녀가 연꽃으로 피어나고자 한 것은 자신의 결백함을 나타내고자 하는 데 있다. 오빠로부터 더러워진 자신의 명예를 연꽃으로 태어남으로써 씻어내고 자신의 정절을 입증코자 한 것이다.

이렇게 보면 〈쌍가락지 노래〉는 연꽃을 통해 억울하게 가해진 부정의 혐의를 벗겨내고자 하는 절규의 노래이며, 연꽃을 통해 이 세상에 다시 태어나고자 하는 염원의 노래이다. 또한 여동생의 연꽃 환생은 한편으로 오빠(남성, 사회)가 내세우던 정절이라는 이념이 경직되었을 때 나타나는 폭력성에 대한 경고로도 읽힌다.

오라바님 오라바님 이내나는 죽그들랑
앞산에도 묻지마고 뒷산에도 묻지마고
연대밭에 묻어주소
가랑비가 오그들랑 우장삿갓 던저주고
눈이라고 오그들랑 모지랑비짜리 씰어주소
[그래 고기 묻어노이 거짓말이 아이드라니더
고 미에 들어 냉중에는 올러오는데 대가 두날이 똑 올러오는데
그 오라바이가 그대로 그양 나두이 또 밉어가주
그걸 뿔거뿌이 마디매중 피가 짤짤 나드라이더]

—청송군 부남면, 『서사민요연구』

가창자는 "그래 고기 묻어노이 거짓말이 아이드라니더."라고 전한다. 처녀를 묻은 곳에서 연대가 올라왔으며, 오빠가 그것을 꺾었더니 마디에서 피가 나더라는 것이다. 대마디에서 피가 나더라는 것은 그 연대에 처녀의 생명이 깃들어 있음을 나타낸다. 즉 순결이란 이름으로 행해진 사회적 폭력이 처녀의 생명을 앗아간 것임을 다시금 상기시켜 준다. 연대와 연꽃을 다시 태어난 처녀의 몸으로 보는 발상, 여름날 진흙 속에 피어난 연대를 꺾으며 여성들이 부르는 이 노래는 억울하게 죽은 처녀의 넋을 기리는 '진혼의 노래'가 아닐까.

'순결'한 총각과 처녀를 위하여

이제 더 이상 시집 안 간 처녀 아이들에게 순결을 기대하기 어렵다고 한다. 그러면서도 자신의 여동생에게는, 자신의 아내에게는 '순결'을 요구한다. '순결한 처녀'라는 말은 해도 '순결한 총각'이라는 말은 하지 않는다. 남자의 욕망은 자연스러운 것이어서 표현되어도 용서할 수 있지만, 여자의 욕망은 불필요한 것이어서 표현될 경우 용서할 수 없는가. 이 땅에서 얼마나 많은 처녀들이 '순결'이란 이름 아래 꽃다운 목숨을 버려야 했던 걸까. 앞으로도 얼마나 더 '순결'이란 이름 아래 많은 여자들이 부끄러워하고 지탄을 받아야 하는 걸까.

순결이란 무엇인가. '이성과의 육체관계가 아직 없음', '마음에 사욕, 사념 따위와 같은 더러움이 없이 깨끗함'이라고 사전은 말한다. 하지만 이제 '순결'에 대한 이름에 대해 재정의가 필요할 때다. '순결'은 '사랑하는 마음에 사욕, 사념 따위와 같은 더러움이 없이 깨끗함'이라고 하면 어떨까. 사랑하는 이를 위해 온 마음을 다하여 진실하게 섬기는 태도 - 그것을 순결이라고 하면 어떨까. 그리하여 사랑하는 이에게 온전한 사랑을 바치는 '순결'한 총각과 처녀가 이 땅에 가득한 그날을 만들어나가는 것은 어떨까.

첩집방문 노래

: 첩도 다 같은 여자인 것을

서마지기 논배미를 반달걸이도 꼽아놓고

이물꼬 저물꼬 다헐어놓고 첩으집에 놀러갔네

등넘에다 첩을두고 밤낮으로 베개젖네

낮으로는 놀러가고 밤으로는 자러가고

첩에집은 꽃밭이요 나에집은 연못이라

꽃과 나비는 봄한철인데 연못에 고기는 사시절일세

첩으야집에 가거들랑 나죽는 꼴이나 보고가소

큰어머니 거동보소 큰칼갈아 머리꽂고

잔칼갈아 품에 품고 논틀밭틀 뛰어가니

제비같은 저 년 보소

꽃방석을 펴티리며 나비 납짝 절을 하며

크다 크다 큰 어머니 꽃방석에 앉으시오

꽃방석이 내 자리냐 꺼직때기 내 자리지
은다래비 담배담고 놋다래비 숯불을 피와
크다 크다 큰 어마님 담배 한대 잡수시요
그 담배가 내 담배냐 콩이삭이 내 담배지
큰 어머님 거동 보소 행주 적삼 털쳐 입고
말만 달은 치마 입고 온가사를 둘러봐도
내 마음이 이럴진대 임에 맘은 꽃이로다
하릴 없이 돌아서서 할 수 없이 돌아섰네

　　　　　　　　　　　　－칠곡군 북산면, 『한국민요대전』 경북 14-3

2

첩도 다 같은 여자인 것을
〈첩집방문 노래〉

꽃밭과 연못의 차이: 첩과 본처

　우리의 가족제도를 '일부일처제'라고 했던가. 하지만 한두 세대 전만 해도 가족의 속내를 들여다보면 '큰어머니', '작은어머니'가 있고 배다른 형제들이 있는 것이 그리 드문 일이 아니었다. 남편은 오랫동안 집을 비우기 일쑤였고, 그리고 나면 딴살림을 차리거나 아예 첩을 집으로 데리고 들어오는 경우도 있었다. 이런 속에서 남편 하나만을 믿고 묵묵히 시부모를 모시며 시집살이를 견뎌왔던 아내는 억장이 무너진다.

　"시앗을 보면 길가의 돌부처도 돌아앉는다.", "시앗하고는 하품도 안 옮는다." 이런 말들 속에는 시앗-첩에 대한 증오가 담겨 있다. 첩하고는 아예 상종을 않겠다는 여성들의 미움이 극단적으로 표현된 것이다. 그러면서도 "시앗이 동서보다는 낫다"라든지 "시앗이 밉다 해도 시누만은 못하다"고 하여 아무리 미운 대상이라 하더라도 같은 여성으로서의 연대감을 보여주기도 한다. 본처와 첩은 한 남자를 사이에 두고 싸움의 상대가 되기도 하지만, 한 남자로 인한 억압과 폭력을 함께 겪어내야 하는 동지가 되기도 했다. 본처와 첩의 싸움과 갈등, 이는 남성의 무절제한 성적 충동과 이기심으로 인해 희생된 여성들이 겪어야 했던 아픔이었다.

〈모심는 소리〉의 한 대목으로 잘 알려진 다음 노래 구절에는 첩을 둔 남자의 행실에 대한 비판과 풍자가 담겨 있다.

> 이물꼬 저물꼬 헐어놓고 주인네 양반 어디갔나
> 문어야 전복 손에 들고 첩의 방에 놀러갔네
> —칠곡군 북산면, 『한국민요대전』 경북 14-3

모를 심는 작업이 한창인데, 정작 주인은 보이지 않는다. 주인은 문어랑 전복이랑 들고서 첩의 방으로 놀러갔다고 한다. 문어 전복은 농촌에서는 구하기 힘든 매우 귀한 음식이다. 그 음식을 부모도 자식도 처도 아닌 첩에게 주기 위해 달려간 것이다. 아랫사람이나 이웃사람에게 일을 시켜놓고 정작 자신은 유흥에 빠져 있는 분별없는 주인이자, 집안의 살림을 돌보지 않고 첩에만 빠져있는 무책임한 가장의 모습이다. "낮으로는 놀러가고 밤으로는 자러가고" 밤낮없이 첩의 곁에 붙어있는 남편으로 인해 아내는 밤새 베개가 젖도록 울다 일어나 남편에게 다음과 같이 호소한다.

> 첩에집은 꽃밭이요 나에집은 연못이라
> 꽃과 나비는 봄한철인데 연못에 고기는 사시절일세
> —칠곡군 북산면, 『한국민요대전』 경북 14-3

첩의 집을 '꽃밭'이라고 한다면, 나의 집은 '연못'이다. 꽃밭과 연못. 첩과 본처의 차이를 예전 여성들은 이렇게 표현한다. 꽃밭이야 겉으로 보기에 화려하고 아름답지만, 봄이 지나 꽃이 다 지고 나면 볼품없이 변하게 된다. 연못은 비록 화려하진 않지만, 늘 변함이 없는 물을 담지하고 있으며 그 안에 사시사철 뛰노는 고기를 품고 있다. 꽃이 잠깐 동안의 관상용에 불과하다면, 연못은 오래도록 생명을 먹이고 길러내는 생산용이다. 하지만 남편은 연못 대신 꽃밭을 택한다. 연못의 수수하고 잔잔함보다 꽃과 나비의 화려함에 빠져 연못의 물이 썩어가도록 돌아볼 줄 모른다. 꽃밭의 향기에 푹 빠진 남자가 연못의 소중함을 깨달을 리 만무하다.

죽이고 싶도록 미운 존재: 첩

본처는 밤낮으로 오지 않는 남편을 기다린다. 남편은 "등 넘에다 첩을 두어" "밤에 가마 낮에 오고 낮에 가만 밤에 온다." 게다가 밤낮으로 첩의 집으로 돈을 갖다 주기 일쑤이다. 참다못한 본처는 어느 날 자리에서 벌떡 일어선다. "큰칼 갈어 품에품고 어채칼랑 바른손에들고" 첩의 집으로 쳐들어간다. 남편을 유혹한 첩에 대한 미움이 그녀의 이성을 앗아갔다. 남편이 자신을 버렸다는 한없는 절망감과 첩만 없다면 남편이 자기에게 다시 돌아오리라는 순진한 기대가 본처를 나락 끝으로 몰아갔다. 본처에게 첩은 죽이고 싶도록 미운 존재였다.

이물게 저물게 다헐어놓고 쥔네양반 어데로갔노

등넘에다 첩을두어 첩의방에 놀로갔네
밤에가마 낮에오고 낮에가만 밤에온다
밤으로는 양돈을차고 낮으로는 겟돈을찬다
앞집에 동세들아 뒷집에 동세들아
잡으러가자 잡으로가자 첩의년을 잡으로가자
큰칼갈어 품에품고 어채갈랑 바른손에들고
잡으러가자 잡으러가자 첩의년을 잡으러가자

—군위군 산성면 11, 『한국구비문학대계』 7-11

　본처가 도착하자 첩은 제비같이 달려나와 나비같이 절을 하며 본처를 극진하게 대접한다. 첩은 본처와는 달리 갖가지 호화스런 살림을 다 갖추고 남부러울 것 없이 살고 있다. 아등바등 어려운 살림을 꾸려나가는 본처로서는, 자신의 살림과는 비교도 할 수 없을 만큼 호화로운 첩의 살림에 분노가 치솟게 마련이다. 그 모든 살림은 말할 것도 없이 자신의 남편이 차려준 것이 분명하기 때문이다.

딜다보세 딜다보세 첩으정지 딜다보세[들여다보세]
첩으정지 딜다보니
은솥이야 놋솥이야 줌줌이도 걸렸구나
은그륵 녹그륵 불불이도 엎혔구나
은숟가락 놋숟가락 단다애도 엱혔구나
은저분 놋저분 단다애도 엱혔구나
딜다보세 딜다나보세 첩으방에 딜다보세
첩으방에 딜다보니

여얼두폭 끼민이불 니목반자 은자놓고
원앙침 잡비게를 비는듯이 널치놓고
새별같은 꽃요강을 팔치만창 미라놓고

—선산군 고아면 42, 『한국구비문학대계』 7-16

첩의 정지(부엌) 안을 들여다보니 은솥, 놋솥이 줌줌이 걸려 있고, 은그릇 놋그릇이 불불이 엎어 있고, 은저 놋저가 단단이 얹혀 있다. 첩의 방안을 들여다보니 열두폭 곱게 꾸민 이불 위에 원앙침 잡베개가 펼쳐져 있고 새별 같은 꽃요강이 멀찌감치 놓여 있다. 남편과 첩이 어울려 누워 있었으리라 여겨지는 자리를 목격하곤 가슴이 미어진다. 게다가 눈앞에 펼쳐져 있는 것은 자신은 꿈조차 꾸어보지 못했던 귀한 살림과 화려한 침구인 데에야. 더욱더 기가 막히는 것은 초라하기 짝이 없는 본처에게 첩은 자신이 지닌 귀한 방물들을 여 보란 듯이 내놓으며 써보라고 하는 것이다.

짚신한짝 밑신한짝 짝을지어서 신을신고
흔튼머릴랑 집어꼽고 행주처말랑 덜치입고
새북바람 찬바람에 논뜰밭을 쫓아가니
미구겉은 첩년보소 꽃자리를 피털치며
여안지소 저안지소 어라요년 물러쳐라
꽃자리가 내자리가 꺼적대기가 내자리지
은소루배는 담배담고 놋소루배는 불떠담고
화주설댈랑 뻗쳐놓고 크다크다 큰어마님
담배한대나 잡으시오 어라요년 물러쳐라
놋소루배가 내불이가 속소루배가 내불이지

은소루배가 내담배가 박쪼가리가 내담배지

갈래갈래 나는갈래 우러집에 나는갈래

크다크다 큰어마님 이왕지사 오싰거든

하룻밤만 유해가소 하룻밤만 유해가마

얼정절정 건넌말에 요포대기 깔고가지

어라요년 물러쳐라 요포대기 하로왔나

임보자고 내가왔다

—성주군 벽진면 22, 『한국구비문학대계』 7-5

"짚신 한짝 밑신 한짝" 겨우 짝을 채워서 신을 신고, 헝클어진 머리를 집어 꼽고 행주 치마 떨쳐 입고 찾아간 본처에게 첩은 꽃자리를 내어 놓고, 은소루 놋소루를 내어 놓으며 담배를 권한다. 이왕지사 왔으니 하룻밤만 자고 가라고도 하며, 걸어갈 것이 아니라 요포대기 깐 말을 타고 가라고도 한다. 본처는 그 모든 것을 일언지하에 거절한다. 아무리 귀한 물건이라 하더라도 자기 것이 아니라며 물리는 데에는 본처로서 지켜야 할 마지막 '자존감'이 있기 때문이다.

첩 집을 방문할 때의 애초 목적은 이루지 못한 채 허탈하게 집으로 돌아온 본처는 다시 일상으로 돌아온다. 돌아와도 늘 눈에 밟히는 것은 자신을 버리고 간 임(남편)이다. 행여 임이 오지 않을까 기다리는 본처가 잠을 제대로 잘 수 있을 리 만무하다.

앉아스니 님이오나 누워스니 잼이오나

강생이(강아지)가 콩콩짖어 임오는가 내다보니

강생이도 날색이네(날 속이네)

대문고리 달각거려 임오는가 내다보니

대문고리 날색이네

가랑잎이 바삭거려 임오는가 내다보니

가랑잎도 날색이네

눈물흘러 갱이됐네 눈물흘러 소이됐네

기우한쌍 오리한쌍 쌍쌩이도 뜨디로네(떠들어오네)

이기우야 이오리야 대동강도 있건만은

대동강에 떠디로다 눈물강에 놀기좋아 떠디로네

—상주군 화서면 2, 『한국구비문학대계』 7-8

강아지 짖는 소리에도, 대문고리가 바람에 달각거리는 소리에도, 가랑잎이 바삭거리는 소리에도 모두 임이 오는 소리인가 착각해 잠을 설친다. 베갯머리를 적신 눈물은 흐르고 흘러 강물이 되고 깊은 소(沼)가 된다. 그 강물도 강이라고 거위 한 쌍, 오리 한 쌍 떠들어온다고 한다. "이 거위야, 이 오리야, 대동강도 있건만은 눈물강에 떠들어오느냐?"라는 물음과 "눈물강에 놀기좋아 떠들어 왔네."라는 대답. 자신의 슬픔조차 자조적 웃음으로 바꾸어 버리는 것은 어쩌면 슬픔조차 슬픔으로는 표현할 수 없는 슬픔의 극한에 서 있기 때문이 아닐까.

앉았으니 임이올까 누웠으니 잠이올까

임도잠도 아니와서 아홉가지 약을묵고

열두가지 맘을묵고 죽었도다 죽었도다

큰어마님 죽었도다 부고가네 부고가네

첩의집에 부고가네 미구겉은 첩으란년이

한손으로 받아가주 두손으로 되어들고
뭣때미로 죽었겠소 날때미로 죽었겠지
이왕지사 죽은사람 십냥짜리 미터해다
가죽나무 신틀에다 스물너이 상두군아
어하넘차 해여주소

—성주군 벽진면 22, 『한국구비문학대계』 7-5

　결국 본처가 이 슬픔에서 벗어나기 위해 택한 길은 "아홉가지 약을 묵고 열두가지 맘을 묵고" 죽는 것이었다. 자신의 죽음 이후에 부고를 받아든 첩이 "뭣 때문에 죽었겠소 나 대문에 죽었겠지."라며 본처의 장례를 치러주는 대목은 아이러니컬하다. 죽이고 싶도록 미운 존재인 첩, 그러나 정작 죽은 것은 첩이 아닌 본처 자신이었다. 물론 이와 반대로 집에 돌아와 느닷없이 첩의 부고를 받는 내용으로 된 노래도 있긴 하나, 앞의 것에 비해 개연성은 적다. 첩의 부고에 본처는 "쇠고기 자장에다 밥을 먹고 씹어도 안맛나더니 / 첩의 년 전보받고봉게 소금국에다 밥을 먹고도 달고도 잘넘어가네"(새터 84, 『한국서사민요의 날실과 씨실』)라며 그간의 마음고생을 털어내기도 한다. 본처나 첩, 둘 중 하나는 죽어야 다른 하나가 살 수 있다고 생각했던 옛 여성들의 의식에 가슴이 시리다.

첩도 여자인 것을: 큰어머니의 포용

　죽이고 싶도록 미운 존재, 그 첩을 본처는 왜 죽이지 못하고 그대로 돌아온

걸까. 첩의 미모와 기세에 눌려 버린 것일까 아니면 첩의 지극한 대우에 마음
이 누그러진 것일까. 노래는 하나같이 첩의 어여쁘고 날렵한 몸매, 예의바르
고 극진한 태도를 자세하게 묘사한다.

> 크당크당 큰어머니 큰칼갈아 손에들고
> 창칼갈아 품에품고 비상봉지 품에품고
> 함우고개 넘어가니 도래도래 삿갓집에
> 눈비맞아 썩은집에 울도담도 없는집에
> 삽작걸에 들어가니 지비(제비)납작 나오더니
> 나부납작 절을하네
>
> —상주군 화서면 2, 『한국구비문학대계』 7-8

사생결단의 단호한 결심을 하고 찾아간 본처의 눈에 첩의 집이 눈에 들어
온다. 첩의 집은 의외로 초라하기 짝이 없다. "도래도래 삿갓집에 / 눈비맞아
썩은집에 울도담도 없는집에" 들어서니 첩이 제비처럼 재빠르게 달려나와
"나부납작" 큰절을 올린다. 더구나 "크다크다 큰어머니"라고 극존칭을 쓰면
서 본처에게 극진한 대접을 한다. 한바탕 싸움이라도 벌일 기세를 가지고 첩
의 집에 들어섰을 본처로서는 당황스러운 일이 아닐 수 없다. 본처가 예상했
던 것은 콧대 높고 건방지기 짝이 없어서 호되게 야단맞아도 싼 그런 행실의
여자가 아니었던가. 하지만 첩은 자신이 예상했던 것과는 달리 누추한 집에
서 어렵게 살면서도 행실 바르고 맵시까지 좋은 여자였던 것이다.

> ["나부같은가, 예편네가. 대절을 했등갑네. 큰 어매가 온다고."]
> 내가너를 죽일라고 쬐개칼을 품에 넣고 왔더니

네가 치네끼가 저럴적에 상치끼가 오죽할까
여자눈에 저럴적에 남자눈에 벼를라디야
너를 죽이라고 왓드니 널차마 못죽이겠다
["항게, 첩이."]
큰어마니 큰어마니 정실로 그러글랑
세간이나 반분해주제 에라요년 그는 못하겠다
낭군조차 너를주랴 세간조차 너를 주랴
["죽일라고 했지만 하도 첩년이 나부같이 절을 헝게 못 죽이겠드래."]
　　　　　—곡성군 곡성읍, 새터 154, 『한국서사민요의 날실과 씨실』

　　결국 "죽일라고 했지만 하도 첩년이 나비같이 절을 헝게" 죽이지 못하고
돌아온다. 아무리 미운 존재라 하더라도 자신에게 납작 엎드리는 첩에게 어
찌 차마 해코지를 할 수 있겠는가. 정작 미움을 받아야 할 존재는 첩이 아니
라, 남편이 아니던가.

꽃방석을 옆에놓고 여앉이소 여앉이소
외씨겉은 젯이밥(쌀밥)에 앵두같은 팥을놓고
한푼두푼 돌나물에 자반자반 집어놓고
덜컥받아 나물을 자반자반 집어넣고
제발적선 비름나물 자반자반 집어넣고
크다크다 큰어머니 많이많이 잡수시고
먹던맘을 한된맘을 이자리에 풀어놓고
모든것을 직으러(죽이러) 갔든길 집에돌아 와서보니
어린아이 젖달라고 울고있고

서에나는 어린애기 밥달라고 울고있고
보름새 명주는 밍에걸다 돛는 것이(둔 것이)

—예천군 호명면 13, 『한국구비문학대계』 7–18

   첩은 정성껏 밥을 짓고 갖은 나물로 반찬을 장만해 본처에게 대접하며 말한다. "크다크다 큰어머니 많이많이 잡수시고 / 먹던맘을 한된 맘을 이 자리에 풀어놓소." 간곡한 첩의 정성과 호소에 본처는 '한된 맘'을 그 자리에 풀어놓고 돌아선다. 첩을 죽여야겠다는 미움과 원망 모두 내려놓고 돌아서 집에 돌아와서 보니 "어린아이 젖달라고 울고 있고 / 서있는 어린애기 밥달라고 울고 있고 / 보름새 명주는 밍에 걸려 돋아있다." 자신에게 놓여있는 현실은 보살펴야 할 어린아이들과 켜켜이 쌓여 있는 일감뿐이다.

   하지만 첩의 집을 다녀온 후의 본처는 분명 첩의 집을 다녀오기 전의 본처가 아니다. 본처는 이제 마음속의 모든 앙금을 내려놓는다. 죽이고 싶도록 미운 존재였던 첩-그녀에 대한 원망도 내려놓는다. 그녀는 꼬리 아홉 달린 여우가 아니라 그녀 역시 자기와 같은 여자임을, 어쩔 수 없는 운명에 이끌려 힘겹게 살아가고 있는 연약한 여자임을, 깨닫는다. 첩에 대한 미움이 부질없는 것임을. 그리고 받아들인다. 그녀를 한 명의 여자로, 자신과 같은 고통을 겪는, 어쩌면 자신보다 더 큰 아픔에 시달리는, 불쌍하고 가여운 한 명의 여자로. 가부장제란 억압 아래 숨죽이고 살아야 했던 또 하나의 희생양으로. 누가 그녀에게 돌을 던지겠는가.

애운애기 노래

: 죽음을 넘어서는 모성

엄마엄마 어찌할꼬 이일을 어찌할꼬
엄마 붙잡고 낭루한 할루가미 울며불며 하는말이
엄마하는 말씸이
춘아춘아 옥단춘아 우리춘이 인지가면 언지오나
도랑간에 개죽어서 개뼉다구 내던진거
개되도록 돌아오마하소
춘아춘아 옥단춘아 인지가면 언지오나
부뚜막에 밥띡기 흐른것 싹나거든 오마하소
춘아춘아 우리춘아 인지가면 언지오나
쌀강밑에 쌀떨어진거 싹나거든 오마하소
아이고답답 옥단춘아 인지가면 언지오나
동솥에다 암탉삶아논거 알낳거든 오마하소

춘아춘아 옥단춘아 인지가면 언지오나

두펭풍너메 기린장닭 홰치거든 오마하소

사당에 하직하고 신주님네 하즉하고 조상님네 하즉하고

이춘이가 인지가면 이사당은 누가다시 오리요 (중략)

조선천지 땅덩어리 다줘도

우리춘이하고 안바꿀라카는

우리춘일 보내놓고 나는 어찌사나

어머니 옥단춘이 생각말고

어머니 건강히 잘지내요

—상주군 청리면 22, 『한국구비문학대계』 7-8

3

죽음을 넘어서는 모성
〈애운애기 노래〉

잔인한 봄은 갔지만

그 어느 때보다도 2014년 봄은 잔인했다. 온 국민이 눈을 뜬 채로 침몰해가는 세월호의 모습과 그 속에 갇힌 생명을 구하지 못하고 허둥대는 정부의 모습을 속절없이 지켜봐야만 했다. 가장 큰 책임을 져야할 이 나라의 총 선장은 책임지고 나서지 않았고, 그 아랫사람들 역시 다시 또 아랫사람들에게 책임을 미루며 등 떠밀기에 바빴다. 오히려 아무 힘없는 일반 국민들이 "미안합니다, 지켜주지 못해서."라며 저 눈 감지 못한 영령들과 슬픔을 가누지 못하는 유가족들에게 고개 숙였고 그들과 함께 울고 분노했다. 그 잔인한 슬픔의 봄은 아직도 현재형이다.

예전 우리네 어머니들이 삼 삼으면서, 베를 짜면서, 밭을 매면서 부르던 이야기 노래 속에는 이러한 죽음으로 인한 이별의 고통과 공포가 종종 나타난다. 그중에서도 사랑하는 가족, 특히 사랑하는 부모나 자식의 느닷없는 죽음은 그네들이 일상에서 겪는 어떤 고통보다도 큰 것이었고, 이러한 고통은 노래를 통해 가슴 밖 목소리로 표출되었다. 그 노래 중에 사랑하는 딸의 죽음 앞에서 통곡하는 어머니의 노래인 〈옥단춘 노래〉는 차마 어린 자식을 저 세상으로 보내고 돌아설 수 없는, 세월호의 수많은 어머니들의 마음을 그대로 대변해주고 있다.

> 어무이가 자꾸 하는 말이
> 조선천지 땅덩어리 다 줘도 우리 춘이하고 안바꿀라카는
> 우리 춘일 보내놓고 나는 어찌 사나
>
> ―상주군 청리면 22, 『한국구비문학대계』 7-8

"조선천지 땅덩어리 다줘도 안 바꿀" 자식, 그 자식을 "보내 놓고 나는 어찌 사나"하는 통곡은 자식을 잃은 사람이라면 누구나 갖게 되는 본연의 심상이다. 그런 어머니 앞에 자식은 도리어 어머니를 위로한다. "어머니 옥단춘이 생각말고 어머니 건강히 잘지내요" 하는 작별 인사는 "엄마, 내가 말 못할까봐 보내 놓는다, 사랑한다." 하던 한 단원고 학생의 인사만큼이나 착하고 의연하다. "가만히 있으라."는 무책임한 어른들의 말을 믿으며, 저 착하디착한 학생들은 자신들보다 가족과 친구와 선생님들의 안녕을 챙기며 걱정했었다.

삶과 죽음의 갈림길에서 〈옥단춘 노래〉처럼 사랑하는 자식을 떠나보내며 부른 노래가 있는가 하면, 그 반대로 사랑하는 자식을 두고 떠나야하는 어머니가 부른 노래인 〈애운애기 노래〉(지역에 따라 '허웅애기' 등 다른 이름으로 나오기도 한다.)도 있다. 이들 노래는 삶과 죽음의 갈림길에서 죽음을 부인

할 수밖에 없는 인간의 본연적 속성을 잘 보여준다. 특히 〈애운애기 노래〉는 남겨진 자식 때문에 죽음의 섭리를 거스르고 저승에서 이승으로 돌아오는 어머니의 이야기를 노래한다. 아직 '애기'란 이름도 채 벗어나지 못한 어린 어머니, '애운애기'의 울부짖음은 여전히 자식을 떠나보낼 수 없는 저 수많은 어머니들의 울부짖음과 그대로 겹쳐진다.

삶과 죽음의 치열한 싸움

인간에게 있어서 '죽음'은 쉽게 받아들이기 어려운 것이기도 하지만, 또 인간이기에 피할 수 없는 것이기도 하다. 사랑하는 이를 남겨두고 죽음의 세계로 떠나야 하는 고통이나, 반대로 사랑하는 이를 죽음의 세계로 보내야 하는 고통은 인간으로 하여금 죽음이란 현실 앞에서 죽음을 부정하고, 죽음의 존재와 맞서 싸우게 한다. 이러한 죽음의 역설적 본질은 노래 속에서 삶과 죽음의 대결로 나타나며, 이러한 대결은 흔히 역설로 표현된다. "잔디 잔디 금잔디 / 가신임 무덤가에 금잔디", "아아 임은 갔습니다. 그러나 나는 임을 보내지 않았습니다."와 같은 시적 표현들은, 바로 이러한 삶과 죽음의 역설을 표현한 것이다. 현실적으로는 죽었으나 마음속에는 살아있기에, 떠났으나 보내지 않았기에 나타나는 현상과 심정의 불일치는 죽음의 노래 속에 역설적으로 표현된다.

〈애운애기 노래〉는 이러한 삶과 죽음의 길항을 역설로 표현함으로써, 죽음에 대한 인간의 공포와 거부 의식을 드러낸다. 〈애운애기 노래〉의 전체적인 이야기는 다음과 같이 전개된다.

가) 살림 솜씨가 좋은 애운애기를 저승차사가 데리러 온다.

나) 식구들에게 인정을 달라고 하나 거절당한다. (식구들에게 대신 가달라고 부탁하나 거절당한다.)

다) 식구들과 이별하고 저승으로 간다.

라) 애운애기가 저승에서 울기만 해서 이유를 물으니 돌봐야 할 아이들이 있다고 한다.

마) 염라대왕이 애운애기에게 밤에만 이승에 다녀오도록 허락한다.

바) 아이들 차림이 단정하자 이웃집 할미가 애운애기가 다녀가는 것을 알게 된다.

사) 이웃집 할미와 식구들이 애운애기를 숨기나 저승차사가 찾아내 혼만 빼간다.

아) 이후로는 사람이 이승과 저승을 오갈 수 없게 되었다.

〈애운애기 노래〉는 살림솜씨가 매우 뛰어나 저승에까지 알려져 불려가게 된 한 젊은 여자의 이야기를 노래한다. 살림살이 솜씨가 뛰어난데 저승에 불려가게 된다는 것부터 역설적이다. 저승은 악한 사람이 불려가 징벌을 받는 공간이어야 하는데, 살림을 알뜰살뜰 잘하고 시집식구 봉양을 잘하는 여자가 그것 때문에 저승에 불려간다는 것이다. "사람이 너무 착해도 부정 탄다.", "물이 너무 맑아도 물고기가 못 논다."는 것은 이러한 역설적 현실을 말해준다.

> 첫새북에 일어나여 명지베 쉰대자는
> 나잘반에 담아놓고
> 뒷대밭에 낫한가락 거머쥐고 새끼한단 거머쥐고

뒷대밭에 올라가여 죽성한단 비어다가
새별겉은 저동솥에 어리설쿰 데와가주
열두판상 갈라놓고
부지깽이 둘러미고 뒷동산 올라가여
새한마리 홀기다가 열두판에 갈라놓고 갈라놓고
또하는말이 저아랫방에 아부님요 그만자고 일어나여
은대에 세수하고 놋대에 세수하고 아적진지 하옵소서 (중략)
새대가리 남았는거 구이머레 엏어놓이
앞집동세 줄라커이 뒷집동세 성낼끼고
뒷집동세 줄라커이 앞집동세 성낼끼고
여수겉은 저시누부 속곳말로 치키들고 마이와가 조와묵네

—울주군 언양면 2, 『한국구비문학대계』 8-12

노래의 서두는 주인공 애운애기가 살림살이가 매우 뛰어난 여자라는 것을 길쌈 솜씨와 식사 준비 과정을 통해서 장황할 정도로 길게 나열하며 강조한다. 애운애기는 첫새벽에 일어나 명주베 쉰다섯 자를 짜 담아놓고, 죽순 한 단 베어와 나물을 무쳐 열두 반상에 갈라놓고, 새 한 마리 잡아다가 열두 반상에 갈라놓고 나서도 남은 새머리는 구유에 넣어줄 정도로 풍성하면서도 알뜰하게 반찬을 마련한다. 매우 부족하고 보잘 것 없는 재료로 열두 반상이나 되는 대식구의 밥상을 조금도 모자람 없이 풍족하게 차려내는 그녀의 살림 솜씨는 보통을 넘어서서 경이로움을 자아낸다. 하지만 그 경이로운 솜씨 때문에 저승차사가 그녀를 데리러 온다. 그녀에게 저승 살림을 맡기기 위해서라는 것이다.

애운애기 잘났다고 소문듣고 저승처사 거동봐라

쇠도러깨 둘러미고 쇠방마치 둘러미고

날잡으러 오는구나 저승처사 거동봐라

사랖에 들어서니 구틀장군 막아서고

마당안에 들어서니 마당너구리가 막아서고

굴떡우에 올라서니 굴떡장군 막아서고

정지안에 들어서니 조왕님도 막아서고

살간에 올라가니 쟁강각시 막아서고

방안에 들어서니 성주님도 막아서고

시주님도 막아서고 시주님도 막아서고

―울주군 언양면 2, 『한국구비문학대계』 8-12

하지만 애운애기에게는 젖먹이 어린 아이가 있다. 젖을 먹인다는 것은 생명을 주관하는 삶의 영역으로, 애운애기를 비롯한 대부분의 여자들이 이승에서 맡는 역할은 이 생명을 길러내는 '어머니'이다. '어머니'의 생명은 자기 개인만의 것이 아니라 자신에게 달린 젖먹이 어린아이의 생명이기도 하다. 어머니가 죽음과 맞서 싸워야 하는 이유는 바로 여기에 있다. 위 노래에서 집안의 수호신인 구들장군, 마당너구리, 조왕할미, 쟁강각시, 성주신 등 모든 가신들까지 나서서 저승차사를 막아서는 모습은 이 대결이 비단 한 여자만의 싸움이 아닌, 삶의 세계와 죽음의 세계의 싸움임을 처절히 보여준다.

살강 밑에 흐른 물이 강이 되어

젖먹이 어린 자식을 둔 어머니, 애운애기는 쉽게 저승차사를 따라 나설 수 없었다. 애운애기는 시아버지, 시어머니에게 대신 저승을 갈 수 있느냐고 묻는다. 하지만 그들은 한결같이 "소뿔도 각각이고 염줄도 몫몫이라"면서 아무도 다른 사람의 죽음을 대신할 수 없다며 냉정하게 거절한다. 남편이 대신 가겠다고 나서기도 하지만, 이 역시 쉽게 받아들이기 어렵다. 각편에 따라서는 "어림없는 소리마라 함부래 하지마라 / 아들하나 있는거로 우찌우찌 키았다고 / 누한테 죽으라고 못된소리 니가하노"(울주군 상북면 7, 『한국구비문학대계』 8-13) 하며 시부모가 발끈하며 묵살하기도 한다.

> 여보여보 내말듣소 한시간만 참아주소
> 시굼시굼 시아바님 이내대성 갈란기요
> 야야야야 그말마라
> 소뿔도 각객이고 염불도 몫몫이다
> 니대성은 니가가고 내대성은 내가가지
> 시굼시굼 시아마님 이내대성 갈란기요
> 니대성은 니가가고 내대성은 내가가지
> 염불도 몫몫이고 소뿔도 각객인데
> 아릿방에 사랑방에 앉인양반
> 하늘겉은 저가장님 이내대성 갈란기요
> 오냐내가 가꾸마 와장창창 걷는애기
> 젖을믹이 잘키아라 [청중: 신랑이 제일 낫구나.]
> 빠뜰빠뜰 서는애기 젖을믹이 잘키아라

와장창창 걷는애기 은종발에 밥을담아

은사랖에 내여놨으이 그밥믹이 잘키아라

니대성은 내가간다

여보여보 그말마소 염불도 못못이고 소뿔도 각객인데

내대성은 내가가고 자기대성 자기가지

　　　　　　　　　　　　　－울주군 언양면 2, 『한국구비문학대계』 8-12

그러나 그렇다고 해서 그대로 포기할 수는 없었다. 애운애기에게 어린 자식과의 이별은 무슨 방법을 동원해서라도 피해야 하는 것이었다. 다음 각편에서는 자신을 데리러 온 저승차사를 밥과 돈 등의 뇌물로 회유해 보기도 한다.

헌장삼은 폴(팔)에걸고 간단족박 손에들고

은천동우 폴에지고 심질로만 썩나서니

광주사는 이도령이 쇠사실(쇠사슬)을 목에걸고

쇠사방만이(쇠방망이) 손에들고 날잡으로 여겠다네

집이라고 도로가서 쌀서되로얻어 밥을지어

간단식사로 지어놓고 밥이라도 막어가오

밥도 내사싫네 어서가고 배삐(바삐)가세

내우게도(내 위에도) 많은 어른있네 (중략)

돈천냥 내여놓고 돈천냥도 막어가오

돈천냥도 내사싫네 어서가고 배삐가세 내우게도 많은 어른있네

　　　　　　　　　　　　　－고흥군 도양읍 29, 『한국구비문학대계』 6-3

　　　　　　　　　　　3. 죽음을 넘어서는 모성: 〈애운애기 노래〉 | 201

애운애기는 저승차사에게 밥, 은동이, 돈 천냥 등을 주며 저승에 가는 길을 늦춰보려고 한다. 하지만 저승차사는 "밥(돈 천냥)도 내사싫네 어서가고 배 삐가세 / 내우게도 많은 어른있네"라며 모든 것을 뿌리치고, 자신 위에 있는 어른의 명을 따라야 한다고 한다. 저승차사의 경우 염라대왕 밑에서 죽은 사람의 혼을 저승으로 데려가는 임무를 할 뿐, 스스로가 사람의 운명을 좌우할 수 있는 능력을 지니고 있진 못하다. 위 각편에서처럼 저승차사는 자신 역시 심부름꾼이기 때문에 자신에게 맡겨진 일을 한 시도 늦출 수 없음을 분명히 한다.

> 동솥에 앉힌달이(닭이) 홰치거등 내오꾸마
> 부뜩안에 흐른밥티 눈나거등 내오꾸마
> 사랎에 고목나무 잎페거등 내오꾸마
> 동솥에 앉힌달이 홰도치고
> 살강밑에 흐른물이 강되거등 올랐더니
> 살강밑에 흐른물이 강도되고
> 부뜩안에 흐른밥티 싹도나고
> 사랎에 고목나무 잎이나니
>
> -울주군 언양면 2, 『한국구비문학대계』 8-12

죽음을 조금이라도 늦춰보려 한 모든 시도는 수포로 돌아가고 애운애기는 결국 저승차사에게 붙들려 간다. 이승에 어린 자식을 남겨두고 떠나야 하는 자의 고통은 보내야 하는 자의 고통보다 어찌 보면 더욱더 크다 할 수 있다. 이럴 때 우리 옛 노래에서 공통적으로 나타나는 것이 바로 역설이다.

노래는 "동솥에 앉힌닭이 홰치거등 내오꾸마 / 부뚜막에 흐른밥티 눈나거등 내오꾸마 / 사립문에 고목나무 잎페거등 내오꾸마 / 살강밑에 흐른물이 강되거등 내오꾸마.”고 한다. 모두 죽음과 삶의 대립으로 이루어져 있다. ‘닭’, ‘밥’, ‘물’, ‘나무’는 모두 ‘생명’과 ‘삶’의 상징적 존재들이지만, 이 모든 것들은 다시는 생명을 회복할 수 없는 상태에 있다. ‘동솥 안에 앉힌 닭’, ‘부뚜막에 흘린 밥티’, ‘살강 밑에 흘린 물’, ‘사립밖에 고목나무’는 모두 죽음에 속한 것이요, ‘싹이 트다’, ‘홰를 치다’, ‘강물이 되다’, ‘잎이 피다’는 모두 죽음에서 다시 부활하는 삶에 속한 것이다. 죽음의 세계로 가면서 죽음을 인정하지 않고 “내 오꾸마.”며 삶으로의 회생을 기약한다. 죽음 속에서도 죽음을 부정하는 역설, 이는 죽음 앞에 선 모든 이들이 부여잡을 수밖에 없는, 살강 밑에 흐른 물이 강이 될 때까지 기다릴 수밖에 없는, 처절한 희망이다.

죽음을 넘어서서

〈애운애기 노래〉는 삶과 죽음의 대결을 노래한다. 삶의 존재인 애운애기는 젊은 ‘여자’이자 ‘어머니’이다. 어머니는 생명과 살림을 주관하는 존재로서, 죽음과 맞서고 죽음을 뛰어넘는 ‘여신’이다. 애운애기는 바로 그 여신적 존재가 되어 죽음에 대한 두려움을 이겨내고, 죽음을 넘어선다. 애운애기가 죽음의 길목에서 이승으로 돌아올 것을 강하게 기약하는 것은 그녀에게 살아야 한다는 강한 집념이 있기 때문이다. 그 집념은 바로 그녀에게 ‘어린 자식’이 있기 때문이며, 그녀는 바로 그 어린 자식의 생명을 책임져야 할 ‘어머니’이기 때문이다.

애운애기는 누구도 한번 가면 돌아올 수 없는 저승의 세계로 떠나면서 돌아올 것을 맹세한다. 이는 죽음에 대한 강한 부정이자 항변이며, 죽음을 그냥 받아들일 수 없다는 대결의 선언이다. 이러한 대결은 마지막 부분에 불가능한 역설이 현실화되면서 삶에게 승리를 안겨준다. 과연 애운애기의 말대로 "동솥에 앉힌 닭이 홰도 치고 / 살강 밑에 흐른 물이 강도 되고 / 부뚜막에 흘린 밥티 싹도 나고 / 사립문에 고목나무 잎이나"는(울주군 언양면 2,『한국구비문학대계』8–12) 초현실적 기적이 일어난다.

이로 인해 애운애기는 죽음을 이겨내고 다시 삶의 세계로 돌아오게 된다. 애운애기의 죽음에 대한 강한 부정과 삶에 대한 집념, 어린 자식에 대한 절절한 애정은 그녀를 다시 살아서 이승으로 돌아가게 한다. 제주도에서 필자가 조사한 〈허웅애기 노래〉에서 저승차사는 저승에 와서도 젖먹이 아이 걱정에 울기만 하는 허웅애기를 밤 동안만 이승에 다녀올 수 있도록 허락한다.

> 아이구 인저 한가단 열두문을 열어 들어가난 이젠
> 막 눈물이 주룩주룩 나는거라에 그 허웅아기가
> 이젠 채사(차사)님이 그 관장이 채사님이
> 어떻해선 그렇게 눈물 나남시난
> 어린애기 젖주는 아기 떼고 밥주는 애기 다 떼고
> 다 애기들이 다 떼고 왔수니까 이렇게 눈물 납니다
> 이만커난 돌맹이 옛날에 덩두렁 없수까 그걸 탁 내논면서
> 그러며는 이 돌에 춤(침)을 탁 밭앙(뱉어)
> 그 춤을 멀기(마르기) 전에 이승에 갔다 오겠느냐
> 예 갔다 오겠습니다 경허난(그러니까) 이젠
> 동네 사난 할망 하는 말은 그 아기덜 보난
> 이아기야 이아기야 어멍 업서두 어떵하난

지체로 고은옷 입고 머리단장 허여놓고 이엉무신이난

아이구 우리 어머니 밤에 옵네다 밤이오면 왔다 만다

애기들 젖 기른(그리운, 고픈) 애기 젖 먹여두고

밥 기른 애기 밥 멕여두고 (이하 생략)

—제주시 한경면 고산리, 서영숙 조사

하지만 저승과 이승을 오가며 아기를 돌보던 허웅애기(애운애기)는 침이 마르기 전에 돌아와야 한다는 저승차사와의 약속을 어김으로써 다시는 돌아오지 못하게 된다. 비록 잠시였지만, 그녀가 죽음을 넘어서 이승으로 돌아올 수 있었던 것은 바로 이승에 그녀를 필요로 하는 '젖 기른 애기, 밥 기른 애기'가 있었기 때문이다. 어린 자식을 향한 어머니의 강한 모성은 저 무서운 죽음의 신도 어찌할 수 없었던 것이다. 이 땅의 수많은 어머니들이 이 〈애운애기 노래〉를 오래도록 거듭 불렀던 것은 바로 언제 어디서 자신과 자식을 떼어놓을지 모를 죽음의 공포와 맞서 싸우기 위해서였을 것이다. 노래는 주문처럼, 기도처럼, 어린 자식들이 다 자라날 때까지 함께하려는 어머니들의 간절한 소망을 담아 입에서 입으로 퍼져나갔을 것이다.

지금 이 순간도 어린 자식을 바다에 잃은 저 어머니들은 행여 자식이 저벅저벅 걸어들어 오지나 않을까 기다리며, 스치는 바람 소리에도 잠 못 이루고 하염없이 앉아있을 것이다. 그네들은 지금도 여전히 바다를 향해 자식의 이름을 애타게 부르며 울부짖고 있을 것이다. 자신이 죽어 자식이 살아날 수만 있다면 수천 번이라도 대신 몸을 던졌을 것이다. 잠시잠깐이나마 자식의 죽음을 되돌릴 수 있다면, 그 어떤 무섭고 두려운 존재와도 맞서 싸울 것이다.

왜?

그네들은 '어머니'이기 때문이다. 그네 어머니들의 가슴 속에 자식들은 여전히 살아있기 때문이다.

♀ 이 글을 2014년 4월 16일 세월호 침몰로 유명을 달리한 모든 영령과 그 유가족 분들께 바칩니다. 특히 어린 자식을 떠나보낼 수 없는 수많은 어머니들의 슬픔과 분노를 함께하며 씁니다.

계모 노래

: 응답하라, 아이들의 외침에

울어무니 살아서는 들 가운데 바닥(바다)겉은 저논배미

호망동군(호미를 사용하는 젊은이들)이 매더마는

울어무니 죽고나니 우리 형자(형제) 매라 허요

굵은 지심 묻어놓고 잔 지심을 띄야놓고

물깨(물꼬)물깨 돋아놓고

정심으 때가 일쩍에서

들 가운데 정자밑에 잠든 듯이 누웠으니

계모 어마니 거둥보소

어제그제 묵던 밥을 식기에 눈만 덮어 이고

어제 그제 묵던 반찬 중발로만 덮어 이고

가만가만 나오더니 오던 길로 돌아간다

집으로 돌아가서

아이고 영감 무작헌(우악스럽고 무지한) 저 놈들이

논은 아니 매고 들 가운데 정자 밑에

잠만 자고 누어있소

집으로 돌아오니 저그 아버지 거둥보소

은장도라 드는 칼을 댓잎겉이 갈아들도

날 직일라 작두허요

형님 목을 먼제 비매 동성마음 어떻겠소

동성 목을 먼저 비매 형님마음어떻겠소

한 칼로 목을 비어 궤짝안에 배반하여(배치하여)

대천 하고 한 바닥에 고기밥으로 띄아놓고

논에 가서 돌아보니 어허둥둥 내 자슥아

굵은 지심 묻어 놓고 잔 지심을 띄야 놓고

물깨물깨 돌아놓고

어허 둥둥 내 자슥아

전처에 자슥 두고 후실 장개는 들지 마소

물명지 석 자 수건 눈물닦기 다 젖는다

−남해 서면, 『한국구연민요자료집』

4

응답하라, 아이들의 외침에
〈계모 노래〉

계모는 왜 '악녀'가 되었을까?

옛 이야기와 노래에서 '계모'는 전실 자식을 학대하고 추방하며 죽이기까지 하는 사악한 존재의 전형으로 부각되어 왔다. '계모'형 이야기가 풍부하고 다양한 전승력을 확보할 수 있었던 이유는, '계모'형 인물과 전실 자식의 갈등이 현실에서 흔히 찾아볼 수 있는 매우 경험적이고 실제적인 문제였기 때문일 것이다. 따라서 '계모'의 형상은 오랜 세월에 걸쳐 우리의 머릿속에 '악녀'로 각인되었고, '계모'는 그 개인적 인격과 상관없이 배척하고 징치해야 할 대상으로 자리 잡았다.

이야기 속에서 계모는 전실 자식에게 바늘 옷을 입혀 때린다든가, 밥을 제대로 주지 않는다든가, 한 겨울에 나물을 캐오라든가 등등의 각종 비인간적인 학대와 불가능한 과제를 통해 괴롭힌다. 하지만 노래는 이야기에서와 같이 계모의 학대를 자세하고 다양하게 그려내기보다는 한 가지 사건에 초점을 맞추어 충격적으로 드러낸다. 전실 자식을 모함해 죽게 만든다든지, 전실 자식의 혼례식에서 사위 술에 비상을 탄다든지, 계모는 전실 자식에게서 아버지의 사랑을 빼앗고, 장래 남편의 사랑조차 빼앗고자 한다.

계모는 왜 '악녀'가 되었을까? 아니, 정확하게 표현해, 이야기노래 속에서 '계모'는 왜 '악녀'로 그려졌을까? 이야기 노래 속 '계모'의 형상을 통해 노래를 불렀던 우리네 어머니들의 현실과 의식 속으로 들어가 보자.

아버지의 각성을 촉구하는 절규: 전실 자식을 죽게 한 계모

〈계모 노래〉 중 대표적인 유형이 '전실 자식을 죽게 한 계모' 노래이다. 노래는 두 어린 형제가 논을 매는 데에서부터 시작한다.

> 논매러가세 논매러가세 우리나 성제(형제) 논매러가세
> 넘실넘실 너마지기 담실담실 닷마지기
> 열다섯이 내는논을 우리성제 다맷구나
> 잔지심은 떼어가고 굵은지심 묻어감성
> 우리성제 다매놓고 정재나무 밑에
> 석자세치 명지수건 두성지 맞게불고
> 이붓어멈 거동보소 빈밥구리 되세우고
> 오든길로 도생허네(돌아가네)
> 울아바니 거동보소

가래장부(물꼬를 트거나 막는 기구) 바래짓고
이붓에멈 말만듣고 성지목에다 칼을였네(넣네)
성지목에 칼열때는 울아버지도 갱정주시
논귀라고 둘러봉게 넘실넘실 너마지기
담실담실 닷마지기 즈그성제 다맷는디
이붓에멈 말만듣고 성지목에다 칼을 였네
이밑에라 농군들아 자슥두고 후실장개를 가자마라["그르드래."]
[청중: 웃음, 다른 청중: "그런 놈은 죽여 부려야 한디."]

—곡성군 고달면, 먹굴 21, 『한국서사민요의 날실과 씨실』

매우 간략한 서사로 이루어져 있기는 하지만, 그 전개를 단락으로 나누어
보면 다음과 같다.

가) 형제가 논을 일찍 매놓고 정자에 누워 쉰다.
나) 계모가 밥을 이고 나오다 형제가 쉬는 것을 보고 돌아가 남편에게
   이른다.
다) 아버지가 형제를 죽인다.
라) 아버지가 뒤늦게 잘 매놓은 논을 보고 후회하며 후실장가 가지 말라
   고 한다.

이 노래는 각편마다 조금씩 차이가 있긴 하지만 대체로 가) 계모의 과제
부여와 자식의 과제 수행 나) 계모의 모함 다) 아버지의 자식 살해 마) 아버
지의 후회라는 서사적 전개로 이루어져 있다. 가)에서 형제는 여러 명의 장정
들이 매야 하는 다섯 마지기 논을 둘이서 맨다. 이는 어린 형제가 계모가 들

어온 이후 천덕꾸러기로 떨어진 상황을 보여준다. 자식들은 그 상황을 받아들여 논을 다 매고 쉬지만, 나)에서 계모는 이 상황을 일도 안하고 쉬는 것으로 오해하고 아버지에게 고자질한다. 물론 이 오해는 근원적으로 전실 자식들을 곱게 보지 않는 데에서 빚어진다. 다)에서 계모의 말을 곧이들은 아버지는 자초지종을 알아보지도 않은 채 자식들을 죽여 버리며, 라)에서 자식들이 일을 다 해놓은 것을 뒤늦게 알고서야 후회하며 절대 후실장가 가지 말라고 이야기한다.

이 노래는 〈논매는 소리〉의 한 대목으로 짤막하게 불리기도 할 정도로 매우 잘 알려져 있다. 핵심적인 부분은 계모의 모함에 의한 아버지의 살해와 곧이어 이어지는 "후실장가 가지마소"라는 아버지의 후회와 권계이다. 심지어 다른 각편에서 계모는 전실 자식들에게 힘겨운 일을 시키며, "어제그제 묵던 밥을 식기에 눈만 덮어 이고 / 어제 그제 묵던 반찬 중발로만 덮어 이고"(임석재 채록, 『한국구연민요자료집』) 올 정도로 밥조차 제대로 주지 않는 '악녀'로 나타난다. 게다가 자신이 직접 전실 자식들을 꾸짖는 것이 아니라 아버지에게 달려가 "아이고 영감 무작헌 저 놈들이 논은 아니 매고 들 가운데 정자 밑에 잠만 자고 누어있소"라고 고자질을 하는 간교함을 보인다. 아버지에게 아이들의 잘못을 믿게 함으로써 아버지로부터 아이들을 멀어지게 하려는 전략이다. 결국 아버지는 계모의 이 간계에 넘어가 자신의 손으로 자식들을 죽이는 만행을 저지른다.

계모가 노래 속에서 이처럼 '악녀'로 그려지는 이유는 무엇일까. 이는 바로 계모가 노래를 부르는 사람들에게 그들의 안위를 위협하는 '적'으로 여겨지기 때문일 것이다. 이들 노래는 대부분 계모가 아닌 여자들, 즉 시집 안 간 여자들이나, 시집간 본처들에 의해 불린다. 이들에게 '어머니'는 바로 현재 또는 미래의 자신들이며, '계모'는 자신들을 대신하여 '어머니' 또는 '아내'의 자리를 빼앗는 '적'인 셈이다. 이렇게 계모가 아이들이나 본처들에게 '적'이 되는데에는 그 중심에 아버지(남편)가 놓여 있다. 전통 사회에서 아버지는 가족 중 가장 높은 지위에서 가족의 행동뿐만 아니라 생존을 좌지우지하는 권력자이다. 어머니가 살아계실 때에는 어머니의 사랑과 신뢰를 바탕으로 해서 아버지와 자식이 갈등 관계에 놓이지 않았지만, 어머니의 상실 후 어머니의 자리를 차지한 계모는 전실 자식과의 사이에서 아버지를 가운데 놓고 사랑을 다투는 경쟁 관계에 놓이게 된다.

어머니를 잃은 자식에게 있어서 심리적으로, 신체적으로 의지할 수 있는 유일한 존재는 아버지이다. 어머니 대신 그 자리를 차지한 계모는 자식들에게 심적으로 '어머니'로 여겨지지 않으며, 오히려 자신들에게서 아버지를 빼앗아가는 존재일 뿐이다. 자식들에게 있어 계모는 어머니에 대한 그리움에 비례해 증오를 증폭시키는 대상이 된다. 이는 계모의 입장에서도 마찬가지일 것이다. 전실 자식은 자신을 진정한 어머니로 여기지 않는데다가, 남편의 자식들에 대한 관심은 오히려 자신에 대한 사랑을 방해하는 것으로 여겨진다. 계모와 전실 자식 간에 벌어지는 이러한 갈등은 아버지(또는 남편)의 총애를 더 많이 차지하려는 보이지 않는 시기와 경쟁을 밑바닥에 깔고 있다.

이러한 경쟁은 급기야 계모로 하여금 자식을 직접 또는 간접적으로 살해하는 사건으로 비화된다. 그렇다면 이러한 경쟁 관계에서 아버지는 어떻게 나타나고 있는가. 노래 속에서 아버지는 매우 무능하고 어리석게 그려진다. 어머니가 돌아가시자 어린 형제가 논을 매는 데도 아버지는 나타나지 않는다. 아버지는 왜 논을 매지 않는가. 계모가 형제들에게 어제 그제 먹던 밥과 반찬을 담아 먹이는 것조차 아버지는 알지 못한다. 아버지는 왜 자기 자식들에게 전혀 관심이 없는가. 형제들이 논을 다 매고 쉬는 것을 일은 안하고 잠만 잔다고 험담하는 데에도 아버지는 자기 자식 대신 새로 들어온 아내의 말만을 전적으로 믿는다. 그리고 분을 참지 못해 자식들을 죽이고 나서는 '후실장가'를 가지 말라며 후회한다. 자식 살해의 근본적인 책임을 자신이 아닌 계모에게 전가하고 있는 것이다. 그렇다면 과연 자식의 죽음은 누구에게 책임을 물어야 하고 보상받아야 하는가. 아버지인가? 계모인가?

'전실 자식을 죽게 한 계모' 노래는 표면적으로는 악녀인 '계모'에게 그 책임을 묻고 있지만, 이면적으로 보면 노동과 양육의 책임을 방기한 '아버지'에게 책임을 묻고 있다. 노래 속 화자는 "이붓에멈 말만듣고 성지목에다 칼을 였네 / 성지목에 칼열때는 울아버지도 갱정주시(의붓어멈 말만듣고 형제목에다 칼을 넣네 / 형제목에 칼넣을때는 울아버지도 징벌을주소)"라며 아버지의 잘못된 행실을 나무라고 벌을 줄 것을 호소한다. 이는 창자가 자식 살해의 잘못이 계모보다 아버지에게 더 많이 있음을 인식하고 있음을 뚜렷이 보여준다. 더욱이 자신이 잘못해놓고도 "이밑에라 농군들아 자슥두고 후실장개를 가자마라"라고 잘못을 계모에게 전가하는 남자의 모습은 청중들의 실소를 자아낸다. 창자뿐만 아니라 다른 청중 역시 "그런 놈은 죽여부려야 한디."라며 계모가 아닌 형제를 죽인 아버지에게 큰 벌을 주어야 함을 강조하고 있다.

이렇게 볼 때 '전실 자식을 죽게 한 계모' 노래는 악녀인 계모를 나무라기 위한 노래라기보다는 아버지답지 못한 아버지를 나무라기 위한 것이라 할 수 있다. 이 노래는 아버지가 아버지답지 못할 때 벌어질 수 있는 비극과 참사를 노래로 부름으로써, 노래를 듣는 수많은 아버지들의 깨달음을 촉구한다. "후실장가 가지마소"라는 외침은 어쩌면 아버지의 외침이 아니라, 아버지(남편)의 사랑을 간구하고 누군가에게 아버지(남편)의 사랑을 빼앗기게 될지 모른다는 수많은 여성들의 두려움에서 나오는 절규로 보아도 무방하다.

성장을 위한 시련: 전실 자식의 혼인을 방해한 계모

〈계모 노래〉 중에서 두드러지는 또 하나의 사건은 계모가 전실 자식의 혼인을 방해하는 것이다. 이는 노래 속에서 두 가지 방법으로 이루어지는데, 하나는 계모가 사위에게 전실 딸의 모습이 두꺼비처럼 흉측하게 생겼다고 속이는 것이고, 다른 하나는 사위의 술에 비상을 타서 죽이려는 것이다. 먼저 계모가 전실 딸의 모습을 두꺼비처럼 흉측하다고 사위를 속이는 경우의 예를 들면 다음과 같다.

["각시가 인자 서모가 있는디. 서모년이 벌써 사람을 내보냈어. 죽일라고."]
　오늘오는 새신랑은 떠오르는 반달이지마는
　우리집이 새악시는 옴두꺼비 모양이라고
["그러드라요. 그렇게 이 망할 놈의 서방이 딱 곧이를 듣고 예를 지내 놓고는 첫날 저녁, 예를 지내는데 각시를 앉혀 놓고."]
　오늘오는 새신랑은 떠오르는 반달이지마는
　우리집이 새악시는 옭고 비뚤어진 옴두께비 모양이라고
["그렇게 인자, 첫닭이 웅게로 대체 서방이 잠만 자고 안 떠들라봐. 허다 허다 못헝게로 인자 새벽녘이라."]
　오늘오는 새신랑은 잠만자러 외겼든가

물명지 한삼소매 반만열고 떠들어보소

["헝게, 대체 반만 떠들어 봉게, 각시가 흰허그덩."]

날아날아 새지마라 새는날이 아니샐까

닭하닭아 우지마라 낼아칙에

왼곳집 헐어서 너를 돌려주마

["인자, 서방이 그러거등."]

우리댁히(닭이) ["각시 한단 말이"] 우는댁히 아니울까

["밥허러 나강께 개가 짖어, 인자."]

개야개야 짖지마라 낼아칙에 왼밥상 받아갖고

네앞으로 돌려주마

["그래거는 인자 대처 각시가 반달같이 예쁭게"]

아랫방에 하인들아 어서 짐챙겨라

["그래 갖고 뎃고 가불드라요."]

─곡성군 곡성읍, 새터 72, 『한국서사민요의 날실과 씨실』

이 노래 유형은 거의 노래 속 인물 간의 대화와 이에 대한 창자의 짤막한 설명으로 사건이 진행된다. 사건의 전개과정을 제시하면 다음과 같다.

가) 계모가 사람을 시켜 신랑에게 신부가 옴두꺼비 모양이라고 속인다.
나) 신랑이 이 말을 곧이듣고 신부의 한삼을 들쳐보지도 않고 잠만 잔다.
다) 신부가 한삼소매를 들쳐보라고 한다.
라) 신랑이 들쳐보니 신부가 어여쁘게 생겨 첫날밤을 치르고 신부를 데려간다.

이야기는 가) 계모의 간계 나) 신부의 좌절 다) 신부의 해결시도 라) 해결로 전개된다. 가)에서 계모는 어여쁘게 생긴 전실 딸을 옴두꺼비 모양이라고 속임으로써 딸의 혼인을 망치려고 한다. 나) 계모의 말은 효과가 있어 신랑은 신부를 거들떠보지도 않는다. 다)에서 계모의 간계는 딸의 지혜와 적극적인 해결 시도에 의해 실패로 끝나고 만다. 신부 차림의 한삼소매를 신랑이 벗겨주지 않는 한 신부 스스로 자신의 모습을 드러낼 수 없는 일이다. 그러나 신부는 신랑이 자발적으로 자신의 한삼소매를 들출 때까지 기다리지 않고 먼저 신랑에게 말을 건네 자신의 한삼소매를 들춰 보라고 요구한다. 라) 결국 신부의 해결 시도는 신랑의 마음을 움직여 신랑이 신부의 한삼소매를 들춤으로써 신부의 참모습을 보게 되고, 신랑과 신부는 함께 무사히 첫날밤을 치르게 된다.

전통사회에서 신부가 첫날밤에 잠자리를 먼저 요구하는 것은 매우 하기 어려운 시도이다. 신부가 신랑에게 "오늘오는 새신랑은 잠만자러 외겼든가 / 물명지 한삼소매 반만열고 떠들어보소"라고 한 것은 성적 교합을 요구하는 셈이기 때문이다. 하지만 신부는 계모의 간계를 물리치고 신랑과의 첫날밤을 무사히 치르기 위해 스스로 신랑에게 교합의 요구를 하게 되고 이것이 성공에 이름으로써, 비로소 한 남자의 온전한 아내가 된다.

이 노래에서 계모는 전실 딸이 신랑으로부터 소박을 맞게끔 하려는 방해자로 나타난다. 계모는 왜 전실 딸의 정상적인 혼인을 방해했을까. 신부가 첫날밤에 신랑으로부터 소박을 맞게 되면, 그 신부는 신랑이 평생 자신을 돌아보지 않는다 할지라도 이미 그 신랑 집안의 사람이 되었기 때문에 평생 수절하며 살아야 한다. 남자는 본처 외에도 소실(첩)을 얼마든지 볼 수 있었지만, 여자는 비록 잠자리를 갖지 않았다 할지라도 이미 남편이 있는 여자로서 다른 곳으로 시집가는 것이 불가능했기 때문이다. 그러므로 계모의 간계는 남편의 사랑을 평생 받지 못한 채 사는 불행을 전실 딸에게 안겨주고자 하는 악의에서 나왔다고 할 수 있다. 앞에서도 보았듯이 계모에게 전실 딸은 딸이 아니라 시기와 질투의 대상이었으므로, 그 대상의 좌절과 파멸을 보고자 했을 것이다.

이러한 의도는 거짓말에 그치지 않고 한 단계 더 나아가 전실 딸의 혼인 날 신랑(사위)이 마시는 술에 비상을 탐으로써 신랑을 죽이고자 하는 시도를 하는 데에로 나아가기까지 한다. 다음 노래는 이러한 사건의 경위를 잘 보여준다.

하서럽땅(지명) 하선부야 더시럽땅 장개와서
우리문전 대문전에 석류나무 안섰디요
만구름 썩은물에 비오비상 술을해서
은잔이라 받거들랑 은젯가치(은젓가락) 손에들고
외우한분(왼쪽으로 한번) 젓어보고
오리한분(오른쪽으로 한번) 젓어보소
아니젓고 잡우시면 만경장파 떠나리다
대청끝에 저큰아가 그노래가 듣기좋소
다시한분 더부리소
열에두폭 처알(차일)밑에 행리하던(예를 올리던) 저선부야
은잔이라 받거들랑 은젯가치 손에들고
외우한분 젓어보고 오리한분 젓어보소
아니젓고 잡우시면 만경장파 떠나리다
정지에라 장모님아 이술한잔 같이먹고

동행하여 가옵시다

-진주시 사봉면 17, 『한국구비문학대계』 8-3

이 노래 역시 노래 속 인물들의 대화로만 이어지고 있다. 대화를 통해 나타나는 사건의 전개를 제시하면 다음과 같다.

　　가) 계모가 장가온 선비(사위)에게 주려고 술에 비상을 타 마련한다.
　　나) 혼례를 올릴 때 신부(또는 신부의 여동생)가 은젓가락으로 술을 저어보라고 한다.
　　다) 신랑이 노래의 뜻을 알아차리고 술을 마시지 않는다.

이 노래에서 계모는 신랑을 독살함으로써 아예 전실 딸(신부)을 과부로 만들고자 한다. 전실 딸이 잘 생긴 신랑에게 시집가 행복한 삶을 누리는 것을 볼 수 없었기 때문이다. 그런데 이를 알아챈 신부가 신랑에게 은젓가락으로 술을 저어보고 마시라는 내용의 노래를 부른다. 은젓가락으로 술을 저어보면 색이 변할 테니 독이 들어 있음을 간파할 수 있기 때문이다. 결국 신랑은 계모의 간계를 알아채고 위기를 모면한다. 노래에서 결말이 뚜렷하게 제시되지는 않지만, 신부는 비로소 흉악한 계모 아래에서 학대받는 어린 아이에서 벗어나, 한 남자의 아내 또는 아이의 어머니로서 새로운 삶을 시작하게 될 것이다.

'혼인날 사위 술에 비상을 탄 계모' 역시 계모는 전실 딸의 온전한 혼인을 막아 전실 딸에게 불행과 파멸의 삶을 안겨주려고 한다. 그런데 이들 유형을 잘 들여다보면 이들 노래엔 아버지가 등장하지 않는다. 전실 딸과 사위와 계모만의 삼각관계로 이루어져 있을 뿐이다. '전실 자식을 죽게 한 계모' 노래에서는 아버지가 무능하고 어리석은 존재로라도 나오지만, 이들 노래에서는 아버지의 존재가 전혀 나오지 않는다. 딸이 성인이 되어 한 가정을 이루는 데 가장 중요한 의례인 혼례에 말이다. 노래 속에서 계모는 혼례를 위해 여러 사람이 마셔야 할 술을 준비한다. 아마도 술뿐만 아니라 혼자서 잔치에 쓸 많은 음식을 준비해야 했을 것이다. 이러한 정황은 다음 각편에 잘 나타나 있다.

> 달떠오네 달떠오네 새찰구배(산등성이에) 달이뜨네
> 새찰구배 뜨는달은 잉애바다 걸려오네
> 짜른거는 진거등에(짧은 걸음 긴 걸음에) 달려오는 새신랑아
> 서른닷말 하는술을 하로닷되 따로했네
> 서른세폭 채일밑에 대리짐질 들그들랑
> 옆에찼던 깔창새로(칼로) 젓어보고 전자보소(젓어보고 자셔보소)
> 주전자라 한경판에 한림꽃이 내피었네
> 우런님이 잡은잔은 급살꽃이 내피었네
> 요내한잔 잡은잔은 맹캉복캉(명과 복이) 다들었네
> 어허노래 잘부리네 한자리만 더부리게
> 한자리만 더부리믄 내탔던 대틀말은 너를태우고 가려니라
> 저기저기 저고개로 가고다시 오지마자
>
> —사천시 곤양면, 『한국민요대관』

계모는 잔치 술을 서른다섯 말을 담근데다가 다섯 되를 비상을 넣어 따로 했다고 한다. 다른 음식에 대한 열거는 나오지 않았어도 서른다섯 말이라는 엄청난 양의 술에 비례하는 많은 양의 음식을 준비해야 했을 것이다. 아버지 (남편)의 부재 속에서 이루어지는 과중하게 부과되는 노동은 고스란히 전실

자식에 대한 미움으로 비화된다. 전실 자식의 행복한 혼인을 원치 않는 계모와 이러한 계모의 압박에서 벗어나고자 하는 성장한 전실 자식의 다툼은 이제 아버지가 아닌 사위(남편)를 사이에 두고 이루어진다. 계모는 전실 자식이 어렸을 때에는 남편에게서, 자랐을 때에는 사위에게서 전실 자식에 대한 사랑을 뺏고자 한다.

하지만 이제 전실 자식은 앞에서처럼 속수무책으로 희생되던 어린 아이가 아니다. 전실 자식에게 있어 혼인은 계모의 학대와 아버지의 무관심으로부터 벗어날 수 있는 유일한 탈출구이기도 하다. 그 통로가 될 남편마저 계모에게 빼앗기고 평생을 숨죽이며 살 수는 없다. 방법은 신랑에게 계모의 계략을 알리는 것뿐이다. 하지만 그 계략을 직접적으로 알릴 수 있는 방법이 신부에게는 없다. 결국 신부가 택한 방법은 〈권주가〉라는 '노래 속의 노래'를 통해 신랑의 술잔 속에 비상이 들어 있음을 간접적으로 알리는 수뿐이다. "서른세폭 채일밑에 대리짐질 들그들랑/ 옆에찼던 깔창새로 젓어보고 전자보소...우런 님이 잡은잔은 급살꽃이 내피었네 / 요내한잔 잡은잔은 맹캉복캉 다들었네"라는 노래는 그러므로 일종의 '목숨을 건 수수께끼(neck-riddle)'이다. 신랑이 이 노래의 속뜻을 알아듣고 술을 마시지 않으면 목숨을 구하게 되지만, 이를 알아차리지 못하고 술을 마시면 목숨을 잃게 된다. 더욱이 자신이 잡은잔은 명과 복이 다 들었다고 함으로써 신랑으로 하여금 자신을 데리고 갈 것을 적극적으로 제시한다.

신랑은 신부(또는 신부의 여동생)가 낸 수수께끼 노래의 뜻을 해독해 냄으로써 목숨을 구했을 뿐만 아니라 지혜로운 신부를 얻게 된다. 신부는 혼례청에서 많은 사람이 보는 가운데 "당신의 술에 독이 들었으니 마시지 마시오."라고 직접적으로 말하는 대신 노래라는 비유적이고 간접적인 방식을 택한다.

〈권주가〉라는 자연스럽고 은밀한 방식으로 숨은 뜻을 전한다. 이는 자신의 배우자를 죽이려고 하는 계모의 의도를 알고는 있지만 아버지의 배우자인 계모의 악행을 만천하에 드러내지 않으려는 현명한 배려이다. 다행히 신랑은 노래의 속뜻을 간파할 수 있는 자질을 충분히 지니고 있었고, 그런 노래를 통해 자신을 구한 신부의 지혜로움을 높이 사게 된다. 신부를 친정에 묵게 하지 않고 곧장 타고 온 말에 태워 가겠다고 하는 것은 신부를 악한 계모로부터 구출하는 행위이다. 신부는 수수께끼 노래를 통해 신랑을 살리는 동시에 자신 또한 살리게 된 것이다.

전통 사회에서 혼인은 자신들의 의지와는 상관없이, 참된 배우자로서의 여부에 대한 검증도 없이, 부모가 정해주는 대로 치러야 하는 형식적 절차에 불과했다. 아무런 시련 없이 주어지는 형식적 혼례는 온전한 어른이 되는 길을 제공한다고 보기 어렵다. 하지만 이들 노래 속에서 전실 자식은 자신의 혼인을 방해하는 악녀 '계모'로 인해, 자신의 지혜를 적극적으로 드러내 자신의 참모습을 밝히고 배우자에 대한 결연의 의지를 표현하게 된다. 그러므로 노래 속에서 악녀로서의 계모 형상은 전실 자식이 연약하고 무능한 어린아이에서 강건하고 지혜로운 '참 어른'으로 성장하는 데 담금질을 하는 시련을 제공하는 필연적 요소로 나타난다.

우리는 과연 '어른' 다운가?

최근 연이어 화제가 되고 있는 자식에 대한 학대 또는 살해의 문제는 우리 사회에서 매우 심각한 수준에 다다라 있다. 자기 보호 능력을 갖추고 있지 못한 어린 아이가 오로지 믿고 의지하는 부모에게서 견딜 수 없는 학대를 당하고 죽음에까지 이르는 충격적 사건들은 과연 우리가 이 사회에서 온전한 '어른'으로서의 구실을 제대로 하고 있는지 돌아보게 한다. 이 모든 사건이 일어날 때 우리는 과연 '어른' 다웠는가?

〈계모 노래〉 속에서 계모는 전실 자식과의 사이에서 아버지(또는 남편)의 총애를 더 많이 차지하려는 경쟁 관계에 놓인다. 하지만 아버지는 아이들의 양육과 노동을 모두 계모에게 맡기는 어리석고 무관심한 존재로 그려진다. 노래를 부르는 사람들은 노래를 통해 아버지답지 못한 아버지를 나무라고 아버지의 각성을 촉구한다. 노래 속 계모는 또한 전실 자식의 혼인을 막는 방해자로 나오지만, 뒤집어보면 남편의 부재 속에서 혼례의 모든 과정을 준비하며 전실 자식이 지혜로운 신랑을 맞아들이게 하는 계기를 부여한다.

이처럼 〈계모 노래〉 속 '계모' 형상은 우리와 우리 사회의 미성숙함을 나무라고, 어른다운 어른으로 성장케 하기 위한 문학 장치로 기능해 왔다. 문학과 현실 속에서 오랜 세월에 걸쳐 형성된 '악녀'로서의 계모는 그러므로 우리의 어른답지 못함을 전가하기 위해 창조해낸 또 다른 우리 자신의 모습일 수 있다. 이제 우리는 〈계모 노래〉 속 아이들의 외침에, 그리고 지금도 여전히 사랑과 관심의 관계망 바깥에서 숨죽이고 있는 현실 속 아이들의 목소리에 귀를 기울이고 '참 어른'답게 응답해야 한다.

나라맥이 노래
: 전쟁의 공포와 소외를 보듬다

가자서라 가자서라 나라맥이(나라막이) 가자서라

울아부지 지어주신 강남까쮠(가죽신) 열에 닷죽

울어머니 지어주신 세우백미(좋은 흰 쌀) 열에 닷말

우리 누님 지어주는 세우버선 열에 닷죽

우리 처재(처자)가 지어주는 청포도포가 열에 닷죽

흥보(붉은 보자기)에다 싸여 놓고

가자서라 가자서라 나라맥이 가자서라

사랑문을 반만 열고

아부지 아부지 하적(하직) 받으시오

하적이나 하나마나 백사정 너른질에

니길이나 좋이가자

어머니 어머니 하적 받으시오

하적이나 하나마나 백사정 너른질에

니길이나 좋이가자

모방(안방 옆 작은 방) 문을 반만 열고
누님누님 하적 받으시오
사랑하는 우리 동상 백사정 너른 질에
니길이나 좋이 가자
처재(처자)보고 하적 받으란께 자네 간 질 내 못 가께
들 가운데 정자나무 한가지가 시들거든
날 죽은지 여겨주소
대명천지 밝은 날에 불과 같이 나는 볕에
소낙비가 오기여도 내 눈물인지 여겨주소
너 찌든 옥주환을 나를 주고
나 쓰든 은맥이가 삼녹이 끼이거든
날 죽은 지 여겨주소

-보성군 조성면, 『한국민요대전』 전남 7-6

5

전쟁의 공포와 소외를 보듬다
〈나라맥이 노래〉

여성들이 대변한 남성들의 목소리

이야기 노래는 대부분 여성들이 자신들 스스로의 처지와 경험을 노래한다. 당연히 여성들이 생활 속에서 겪는 일상적 사건들이 소재로 채택된다. 하지만 이런 보편적 경향과는 완전히 다른 소재와 어조로 되어 있는 노래가 있다. 바로 〈나라맥이 노래〉이다.

이 노래에는 노래 속 화자가 여성이 아닌 남성으로 나오는데다가 사건 역시 여성의 경험 영역과는 동떨어진 전쟁이 소재로 되어 있다. 그 전쟁에 참여한 이는 왕이나 장군 같은 영웅적 인물이 아니라, 어디에 사는 누구였는지조차 확인할 수 없는 최말단의 병사이다. 그러나 이 노래는 남성들이 아닌 여성들이 부르며 여성들 사이에서 전승되었다. 여성들은 이 노래를 〈이갱필이 노래〉, 〈이강필이 노래〉, 〈나라맥이 노래〉, 〈군사 뽑혀 가는 노래〉, 〈전쟁 노래〉 등으로 다양하게 일컫는다. 이갱필, 이강필이 누구인지 노래 부르는 이들 역시 알지 못한다. 그저 '오래 전 사람'일 뿐이라고 한다. 그 전쟁 역시 언제적 전쟁인지 알지 못한다. 노래 속에 '정읍'이라는 지명이 나오는 것으로 미루어 동학농민혁명이나 의병활동과 관련이 있을 것으로 추정하기도 하나, 다른 각편에서는 '경주', '서울' 등으로도 나오고 있어 단정하기 어렵다. 단지 오래 전 어느 전쟁에 나가야 했던 남성의 공포와 소외의 목소리가, 사랑하는 이를 전쟁에 빼앗기고 불안과 근심으로 보내야했던 여성들에게 전해져 큰 공명을 얻었고 이후 여성들이 남성들의 목소리를 대변해 전승해 온 것으로 짐작할 뿐이다.

〈나라맥이 노래〉는 여러 가지 다양한 화소들이 결합해 이야기가 구성된다. 이중 공통적으로 나타나는 주요 화소들을 차례로 제시하면 다음과 같다.

가) 징병 채비: 아들이 징병되자 온 식구들이 입대 채비를 한다.
나) 하직 인사: 식구들에게 하직인사를 하나 대수롭지 않게 받는다.
다) 죽음 징표: 아내와 하직하며 자신이 죽으면 변색되는 징표를 준다.
라) 죽음 편지: 전장에서 자신이 죽었다는 편지를 보내며 식구들의 반응을 상상한다.
마) 중 차림: 아내가 중 차림으로 남편을 찾으러 떠난다.
바) 환생: 아내가 남편을 찾아 살려낸다.
사) 며느리 험담: 집에 돌아오니 식구들이 며느리 험담을 한다.
아 1) 자결: 아내가 자결하자 남편도 따라 죽는다.
아 2) 항의: 남편이 항의하고 살림을 반분해 처가살이를 한다.

〈나라맥이 노래〉는 이들 화소가 어떻게 결합하느냐에 따라 크게 짧은 노래와 긴 노래로 나뉜다. 짧은 노래는 라) '죽음 편지'에서 이야기가 마무리되는 경우이고, 긴 노래는 마) '중 차림' 이후 아) '아내의 자결/항의'에 이르기까지 이야기가 길게 전개되는 경우이다. 짧은 노래는 주인물이 징병되어 가족들과 하직인사를 하고 떠난 후 자신이 죽었다고 편지를 보내는 내용이 중심을 이루고 있으므로 '죽음기별형' 노래, 긴 노래는 아내가 중 차림을 하고 남편을 찾아가 살려내 돌아오는 내용이 중심을 이루고 있으므로 '환생귀가형' 노래라 부를 수 있다.

'죽음기별형' 노래가 전쟁에 나가는 남성들의 공포와 소외의식을 주로 대변하고 있다면, '환생귀가형' 노래에는 남편을 전쟁에 내보낸 여성들의 불안의식과 무사귀가를 바라는 간절한 기대가 덧붙여져 있다. 본래는 남성의 노래였을 〈나라맥이 노래〉가 여성들의 공감을 얻으며 불릴 수 있었던 까닭은 과연 무엇일까.

전장에서 느낀 죽음의 공포와 소외의식

〈나라맥이 노래〉 중 '죽음기별형' 노래는 한 남자가 '나라맥이'를 가기 위해 채비를 하는 장면에서부터 시작해 전장에서 식구들에게 자신이 죽었다는 편지를 보내며 식구들의 반응을 생각하는 장면으로 마무리된다. 첫 장면에서는 아버지가 만들어준 가죽신, 어머니가 마련해준 백미, 누님이 만들어준 버선, 아내가 지어준 도포 등이 모두 열에 다섯씩 길게 나열된다. 나라를 막으러 가는 데 백성이 손수 자신의 양식과 입성을 마련해야 하고, 이를 온 가족이 직접 만드는 데에서 당시 전쟁에 나아가는 민중들의 상황과 아들을 염려하는 가족들의 마음이 느껴진다. 남자의 이름은 이경필, 이강필로 나오기도 하고, 고흥에서 부른 〈강강술래〉(『한국민요대전』 전남 2-12)에서는 제주의 제칠랑으로 나오기도 한다. 이경필은 장군도, 영웅도 아닌 그저 평범한 사람일 뿐이다.

> 밥 잘먹는 이갱필이
> [질어서(길어서), 노래가 질어]
> [조사자: 길게 좀 하시오.]
> 밥잘먹는 이갱필이 술잘먹는 이갱필이
> 떡잘먹는 이갱필이 똥잘뀌는 이갱필이
> 물수(물헤엄)잘허는 이갱필이 활잘쏘는 이갱필이
> [청중: 좋그만 그 노래가. 하하하.]
> [그전 소리여 그게. 참말로 그렇게 재주가 좋고, 막 뭣이든지 잘 헌개 나라에서 그냥 이렇게 뽑아갈라고 했어. 그래 활도 잘 쏘고 그런개.]
> ─전주시 동완산동 8, 『한국구비문학대계』 5-2

이경필은 재주가 좋고, 뭐든지 잘한다고 한다. 그 재주란 것은 다름 아닌 "밥 잘 먹고, 술 잘 먹고, 떡 잘 먹고, 똥 잘 뀌고, 헤엄 잘 치고, 활 잘 쏘는" 것이다. 잘 생기고, 글을 잘 읽고, 머리가 좋고, 집안이 좋은, 뛰어난 인물이 아니라 그저 무엇이든지 가리지 않고 잘 먹고 잘 소화시키고 몸이 튼튼한, 소박하고 평범한 인물이다. 그 속에 노래를 부르는 사람들이 바라는 소박한 삶의 꿈이 잘 나타나있다. 그러나 이 평범한 인물의 평화로운 삶을 전쟁이라는 전혀 예기치 못한 국가적 변란이 한 순간에 흔들어 버린다.

나라의 소환을 받은 남자는 가족들에게 차례차례 하직인사를 한다. 하지만 아버지, 어머니, 누님, 여동생으로 이어지는 무덤덤한 반응 또한 남자에게는 전혀 예기치 못한 의외의 사건이다. "하적이나 하나마나 백사정 너른 질에 니 길이나 좋이 가자"(보성군 조성면, 『한국민요대전』 전남 7-6), "하직이야 하나마나 넘네두루 가는길에 발빙없이 다니온나"(성주군 대가면 221, 『한국 구비문학대계』 7-5)라는 말이 식구 수에 따라 여러 번에 걸쳐 반복되는 것은 이야기노래의 특징 중 하나이기도 하지만, 이를 통해 전쟁에 나가야 하는 주인물의 절박한 심정을 헤아리지 못하는 가족들의 무심함이 강조된다.

이후 이어지는 아내와의 이별은 앞의 반복이 있었기에 더 대조적이고 애절하다. 아내는 남편을 따라나서겠다고 하지만 여자는 갈 수가 없는 길이라고 만류한다. 대신 남편은 자신이 죽게 되면 알 수 있는 징표를 아내에게 주는데, 변색되는 은막이(보성군 조성면, 『한국민요대전』 전남 7-6), 변색되는 사진(의령군 지정면 20, 『한국구비문학대계』 8-11), 푸르게 변하는 붉은 꽃(의령군 정곡면 56, 『한국구비문학대계』 8-11) 등이 그러하다. 남편이 다른 가족이 아닌 아내에게 이런 초월적 징표를 주는 것은 자신의 부재를 가장 안타깝게 여기며 자신의 죽음에 대한 공포를 가장 절실하게 함께할 수 있는 이가 바로 아내라고 여기기 때문이다.

아내와의 하직 인사 후 장면은 급작스럽게 바뀌어 남자는 온 산천이 어긋나는 죽음의 전장 한가운데에 놓인다. '죽음기별형' 노래의 특징을 결정짓는 장면은 바로 이 마지막 전쟁의 현장에서 나타난다. 죽음의 위기에 놓인 남자는 내려가는 군사에게 자신의 죽음을 알리는 편지를 전하고 가족들이 자신의 죽음 소식을 들으면 어떻게 반응할지 상상한다. 이는 전쟁에 나간 남자의 시각에서 본 가족들의 반응으로, 남자와의 관계에 따라 다르게 나타나 흥미롭다.

우리아부지 들으시면 받든밥상을 퇴쳐놓고

대성통곡을 하실라

우리어무니 들으시면 들어오든밥상 퇴쳐놓고

삼갈만일 때불으고 토실통곡을 하실라

우리형님 들으시면 보든책상을 덮어놓고

토실통곡을 하실라

우리누님 들어시면 연지분통을 밀쳐놓고

토실통곡을 하실라

우리형수 들으시면 [형수가 어째 그리 망했든 것입디다.]

옆든머리 반만옆고 살강뿌리를 더우잡고

할갸웃음(고소한 듯이 남몰래 웃는 웃음)을 살짝웃고 뒷마당으로 나서

[시동생 죽었다고 그렇게 좋을 것이요잉?] (중략)

우리아내 들으시면 [왔다 여편네가 질(제일)입디다.]

비녀빼서 품에품고 춤받아서 손에들고

논들밭들 모르시고 날찾으러 오련마는 [그랬다우.]

자신이 죽었다는 소식을 들으면 아버지, 어머니, 형님, 누님 모두가 대성
통곡을 할 것이라고 짐작한다. 하지만 이와는 대조적으로 형수는 남몰래 웃
을 것이라고 상상한다. 이는 형수와의 관계가 좋지 않은 시동생의 심리가 반
영된 것일 수 있으며, 노래를 부르는 여성들의 입장에서 보면 동서와의 좋지
않은 감정이 투사된 것이라 할 수 있다. 반면에 아내는 머리를 산발하고 논들
밭들 가릴 것 없이 뛰어서 자신을 찾으러 올 것이라고 믿는다. 이 역시 남성
화자의 입을 빌어 나타나는 여성들의 심리로, 남편을 잃고는 살아나갈 수 없

는 여성들의 처지와 의식을 잘 나타내준다.

뿐만 아니라 남자는 전장에서 죽을지 모른다는 극도의 공포에 싸여 있다. 이는 아내와의 이별 장면에서 자신이 죽으면 변색이 되는 나무, 꽃, 사진 등의 징표를 아내에게 맡기는 행위에 잘 나타난다. 그 징표를 통해 아내와 정신적으로 연결되리라는 믿음은 죽음의 공포를 조금이나마 덜어낼 수 있기 때문일 것이다. 실제로 남자는 전장에 나가자마자 산천이 어긋나 자신이 곧 죽게될 것 같은 공포를 체험한다. 한 모퉁이 오르고, 한 잔등을 넘어갈 때마다 이 공포는 점점 더 커지며 극대화된다.

> 한 모퉁이 떡 울리니 기왓장이 어긋나네
> 두 모퉁이를 떡 울리니 온 산천이 어긋나네
> 세 모퉁이를 떡 울리니 온 조선이 어긋나네
> −보성군 조성면, 『한국민요대전』 전남 7−6

> 한잔등을 넘어간께 총소리가 야단이고
> 두잔등을 넘어간께 활소리가 야단이고
> 앞에가는 처남손아 뒤에가는 매부손아
> 편지한장을 전해주게 무삼편지 전하랑가
> 맞어죽어 편지말고 병들어서 죽었다
> −해남군 화산면 4, 『한국구비문학대계』 6−5

그러므로 남자가 자기 스스로 자신의 죽음을 알리는 편지를 가족들에게 보내는 것은 바로 이러한 죽음에 대한 공포의식에서 비롯된 것이라 할 수 있다. 곧 죽을지 모른다는 공포감은 가족에게 마지막으로 보내는 편지, 유서를 남겨놓아야 한다는 절박감으로 이어진다. 이는 전장에 나가는 주인물을 제외한 그 누구도 느낄 수 없는, 그 누구에게도 함부로 내보일 수 없는 그만의 속내이다. 겉으로는 씩씩한 목소리로, "가자서라 가자서라 나라맥이 가자서라"(보성군 조성면, 『한국민요대전』 전남 7-6)라고 외치며 보무도 당당하게 나서지만, 안으로는 누구보다도 겁 많고 연약한, 죽음에 대한 공포로부터 자유로울 수 없는 아주 평범한 사내이다.

〈나라맥이 노래〉의 '죽음기별형'은 나라의 환란을 막기 위해 떠나야 했던 한 남자의 이야기이다. 그러나 그 남자는 죽음을 무릅쓰고 싸우는 용감한 병사가 아니라, 이유도 알 수 없이 가족들과 헤어져 목숨을 내놓고 싸워야 하는 전장에 내몰린 지극히 평범한 보통 사내이다. 이 노래는 그 사내가 자신의 공포를 알아달라고, 자신을 죽음의 늪에서 구해달라고 외치는 소리이다. 그 소리는 뒤집어보면 자신들과는 상관없는 이유로 전쟁터에 남편을 보내고 눈물과 한숨으로 지새야 했던 수많은 여성들의 소리이기도 하다. 그 간절한 소리는 아내를 일어서게 한다. "비녀빼서 품에품고 춤받어서 손에들고 / 논들밭들 모르시고 날찾으러 오련마는"(해남군 화산면 4, 『한국구비문학대계』 6-5) 하는 남편의 기대에 대한 아내의 응답은 '환생귀가형' 노래로 길게 이어진다.

죽음을 초월한 부부결합의 의지와 자존의식

〈나라맥이 노래〉 중 '환생귀가형' 노래는 '죽음기별형' 노래를 전반부로 하고 있는 일종의 뒷이야기이다. '환생귀가형' 노래가 '죽음기별형' 노래와 달라지는 기점은 바로 아내가 주인물로 나서면서부터이다. '죽음기별형' 노래가 전쟁에 나간 남편의 이야기라면, '환생귀가형'은 이 남편을 구하러 간 아내의 이야기이다. 아내는 남편이 주고 간 징표가 변하자 중 차림을 하고 남편을 찾아 나선다. "여자 갈 데 못되니라" 하는 그 길에 대한 두려움보다 남편 없이 평생을 혼자 살아야 하는 두려움이 더욱 더 크기 때문이다. 이는 남편의 부재로 해서 더욱더 가중되는 시집살이의 고통으로부터 벗어날 수 있는 유일한 방법이기도 했다. 이러한 속내는 (의령군 정곡면 56 『한국구비문학대계』 8-11)을 부르고나서 창자가 덧붙인 이야기에 잘 나타나 있다.

> 그런께네 인자 신랑은 없는 기고. 이거 뭐 있어 봐야, 시가에 있어 봐야 신랑 없는 거, 있어 봐야 시집은 살고, 시누도 독촉을 하제, 눈치를 주제, 시아바이도 설움 주제, 시어마이도 설움 주제, 죽어라꼬 일만 하는기라.
> 보리 찌꺼러기 그거 서너 날 뭐 정지서(부엌에서) 묵고, 무운 치 만치(먹은둥 만둥) 그렇고, 괴기(고기)나 한 개 무울(먹을) 수나 있나. 이래 놓고 바가치 밥 묵다가, 바가치 밥 퍼 묵고 막 이라거등. 퍼 묵고 마, 또 밥 하문(한 번) 입에 꾹 찝어 짐치하고 마 [청중: 옇어 삐고.] 옇어 삐고. 그래 가 또 물 떠다 주야제, 또 저 시아바이라고 물 떠다 주야제, 시어마이라고 물 떠다주야제, 또 중우 벗은 시아제비(시동생) 그거 또 저 거석 해야제. (중략)
> 이래 놓은께 설움 받고 몬 사는 기라.
> —의령군 정곡면 설화 31, 『한국구비문학대계』 8-11

창자는 아내가 중 차림을 하고 남편을 찾아나서는 이유를 "인자 신랑은 없는 기고, 이거 뭐 시가에 있어봐야 신랑 없는 거, 있어봐야 시집은 살고… 이래 놓은게 설움 받고 몬 사는기라."라고 말한다. 〈중되는 며느리 노래〉에서 시집살이의 고통을 견디지 못하고 중노릇을 나가야했던 며느리의 심리가 이 노래에 그대로 전이되고 있다. 하지만 〈중되는 며느리 노래〉에서의 며느리는 남편의 만류조차 뿌리치고 나간다면, 〈나라맥이 노래〉에서의 며느리는 남편을 찾기 위해 떠난다. 이는 구비설화 〈구렁덩덩 신선비〉나 서사무가 〈도랑선비 청정각시〉에서 남편을 찾아 떠나는 아내와 다를 바 없다. 전통 사회의 여성에게 있어 남편이 없는 공간은 삶이 아닌 죽음의 공간과 다름없었다. 온갖 시련과 고난을 감수하면서까지 남편을 찾아 떠나는 것은 남편과의 결합을 통해 온전한 삶을 이루고자 하는 강한 의지에 기인한다.

그러므로 또 다른 각편에서 죽어있는 남편을 찾아내 생명수로 남편을 살려내거나(의령군 지정면 20, 『한국구비문학대계』 8-11), 까마귀의 눈을 빌어 남편의 눈을 뜨게 하는 초월적 행위(의령군 정곡면 56, 『한국구비문학대계』 8-11)를 하는 것은 아내의 지극한 정성과 의지에 천지자연의 신뿐만 아니라 미물조차 감동한 결과임을 보여준다.

> 이갱필이 죽은지도 삼년이요
> 묻은지도 삼년이요 썩은지도 삼년이요
> [이갱필이 무덤일랑 저기있소. 그러고 가르쳐 주드랴. 그런개 이갱필이
> 무덤을 찾아가서 반지 팔아서 쌀 팔아서 울음 사곡(四哭)해서 밥을 하다가]
> 이 갱필이 무덤에가 배가 고파서 죽었거든
> 어서 바삐 일어나소 이밥을먹고 일어나소
> 목이 몰라 죽었거든 어서바삐 일어나소
> 이물을 먹고 살아나시요.
> [뿔떡! 일어나드랴.] [청중: 엇? 아이구.]
> ―전주시 동완산동 8, 『한국구비문학대계』 5-2

이렇게 아내의 의지와 정성에 의해 살아난 남자는 아내와 함께 집으로 돌아
간다. 하지만 아내가 남편을 살려내서 돌아왔음에도 시집으로 곧장 들어가지
않는다. 아내에게 시집은 여전히 삶의 공간이 아닌 죽음의 공간으로 여겨지기
때문이다. 자신을 가족으로 받아들이지 않는 시집을 다시 제 발로 들어설 수
는 없는 일이다. 여기에 노래를 부르는 여성들의 자존의식이 숨겨져 있다.

남편은 혼자 들어가 식구들에게 짐짓 아내가 어디 갔느냐고 묻는다. 아내
에 대한 식구들의 태도를 알아보기 위해서이다. 이에 식구들은 하나같이 며
느리 험담을 늘어놓는다. 그깟 몇 년을 못 참고 중살이를 갔다거나 딴 살림을
나갔다고 모해한다. 이에 대한 남편 또는 아내의 대응은 다음과 같이 두 가지
로 나타난다.

> 아릿방문 열트리미 저의처가 어디갔소
> 어라야야 그말마라 다문삼년 몬살아서
> 살이살로 가고없다 웃방문을 열트리미
> 웃방에라 어무님요 저의처가 어데갔소
> 어라야야 그말마라 다문삼년 몬살아서
> 살이살로 가고없다 누우님요 들어보소
> 저의댁이 어데갔소 어라야야 그말마라
> 다문삼년 몬살아서 살이살로 가고없다
> 새미겉에 섰던사람 자결죽음 하는구나
> 니죽으몬 나도죽지 나는살아 뭣할겄고
>
> —의령군 지정면 20, 『한국구비문학대계』 8–11

식구들이 반복적으로 아내를 험담하는데도 남편은 아무런 말도 하지 않는

다. 이는 〈시집살이 노래〉에서 아무 역할도 하지 못하는 남편의 모습을 연상
시킨다. 이에 아내가 자결하고 마는 것은 자존의식에 심각한 상처를 입었기
때문이다. 다시 시집으로 들어간다고 해도 남편의 도움 없는 시집살이는 예
전과 별반 다를 바가 없을 것이다. 자결은 그러므로 아내의 마지막 자존의식
을 드러내는 최후의 수단이 된다. 그나마 남편이 함께 따라 죽음으로써 죽어
서나마 함께 하고자 하는 강한 의지를 드러낸다.

하지만 다음 각편에서 아내는 남편의 목소리를 통해 자신의 자존의식을 직
접적으로 표출한다.

> 아버님도 여앉이소 어머니도 여앉이소
> 동상니도 여앉거라
> 동네어른 여앉이소 가내어른 여앉이소
> 대문밖에 우리자네 대문안으로 들어서게
> 아버지가 날살렸소 어머니가 날살렸소
> 동상니가 날살렸나
> 동네어른이 날살렸소 가내어른이날살렸소
> 우리부녀(아내)가 날살렸지
> 갈라주소 갈라주소 살림반튼을 갈라주소
> 처가살이 내갈라요 안고지고 가고나니 [더듬거리다가]
> 우리집에는 쑥대밭이요 처갓집에는 영화꽃이
> 이렇고저렇고 놀아보자 샘형지만 길리보자
>
> −의령군 정곡면 56, 『한국구비문학대계』 8−11

남편이 아내의 험담을 하는 아버지, 어머니, 동생, 동네 어른, 가내 어른들

을 모두 모셔놓고 "대문밖에 우리자네 대문안으로 들어서게"라며 아내를 불러들인다. 시집식구와 집안 어른들이 있는 곳에서 남편이 부르는 '우리자네', '우리부녀'는 아마도 노래를 부르는 모든 여성들이 듣고자 하는 말일 것이다. 자신이 받는 설움을 알아주는 남편, 자신이 받는 부당한 대우를 대신 나서서 항의해주는 남편의 모습 속에서 아내들은 비로소 상처 받은 자존의식을 되살릴 수 있었을 것이다.

서로를 보듬으며 함께 나아가다

〈나라맥이 노래〉는 아무 이유 없이 전쟁에 불려나가야 했던 지극히 평범한 남자의 죽음에 대한 공포와 가족으로부터의 소외의식을 노래한다. 이러한 의식 속에는 또한 영문도 모른 채 남편을 전쟁에 빼앗기고 시집살이의 설움을 겪어야 했던 여성들의 의식이 겹쳐 있다. 〈나라맥이 노래〉는 전쟁에 나간 남자가 식구들에게 편지를 보내는 '죽음기별형' 노래에서 아내가 남편을 찾아내 살려내는 '환생귀가형' 노래로 확대되며 남성의 노래에서 여성의 노래로 전승돼 왔다. 죽은 남편을 살려낸다는 초현실적 화소는 남편이 없는 공간에서 시집살이의 고통을 겪어야 했던 여성들에겐 반드시 이루어져야 할 당위였다.

〈나라맥이 노래〉에서 남편이 남자이기에 드러낼 수 없었던 공포와 소외감을 드러내고 아내로부터 위안을 받을 수 있었다면, 여성들은 부부 결합의 강한 의지를 드러내고 상처받은 자존감을 치유할 수 있었다. 노래 속 남자와 여자, 남편과 아내는 어느 한 편이 높고 낮은 지배와 종속의 모습이 아니라, 서로를 보듬으며 함께 나아가는 배려와 평등의 모습을 보여준다. 오랜 세월

〈나라맥이 노래〉를 자신들의 노래로 바꿔 부르며 우리 어머니들이 말하고자 했던 것은 바로 이것이 아니었을까.

참고 문헌

자료

고정옥, 『조선민요연구』, 수선사, 1949.

김사엽·최상수·방종현, 『조선민요집성』, 정음사, 1948.

김선풍 편, 『한국민요자료총서』, 계명문화사, 1991.

김소운, 『한국구전민요집』, 제일서방, 1933.

김승찬·박경수·황경숙, 『부산 민요 집성』, 세종출판사, 2002.

서대석 외, 『한국민요무가유형분류집』, 한국정신문화연구원, 1992.

엄필진, 『조선동요집』, 창문사, 1924.

이창배, 『한국가창대계』, 홍인문화사, 1976.

임동권, 『한국민요집』 1-7, 집문당, 1961-92.

임화 편, 이재욱 해제, 『조선민요선』, 학예사, 1939.

좌혜경, 「한국민요의 지역별 자료 색인」, 『민요론집』 2, 민요학회, 1993.

한국구연민요연구회, 『한국구연민요』 연구편, 자료편, 집문당, 1997.

『강원의 민요』 I·II, 강원도, 2001.

『경기도의 향토민요』 상·하, 김영운·김혜정·이윤정 편, 경기문화재단, 2006.

『영남구전민요자료집』 1-3, 조희웅·조흥욱·조재현 편, 도서출판 월인, 2005.

『울산울주지방민요자료집』, 울산대학교 인문과학연구소 편, 1990.

『조선민족음악전집』 민요편 3, 예술교육출판사, 1999

『한국구비문학대계』 전 85권, 한국정신문화연구원, 1980-1989.

『한국구연민요자료집』, 임석재 채록, 민속원, 2004.

『한국민속문학사전(민요편)』, 국립민속박물관, 2013.

『한국민속종합보고서』 전북편 외, 문화공보부 문화재관리국, 1969-1985.

『한국민요대관』, 왕실도서관 장서각 디지털 아카이브(http://yoksa.aks.ac.kr/)

『한국민요대전』, 강원·경기·충북·충남·전북·전남·경북·경남·제주편, (주)문화방
　　송, 1991-1996.

『호남구전자료집』1-8, 조희웅·조흥욱·조재현 편, 도서출판 박이정, 2010.
한국학중앙연구원 한국역사정보통합시스템 (http://yoksa.aks.ac.kr) 장서각 디지털
아카이브.

논저

강등학,「서사민요의 각편 구성의 일면: 시집살이노래를 중심으로」,『도남학보』5,
도남학회, 1982.
강진옥,「여성 서사민요에 나타난 관계 양상과 향유층 의식」,『한국고전여성작가
연구』, 태학사, 1999.
_____,「서사민요에 나타나는 여성인물의 현실대응양상과 그 의미: 시집살이, 애정갈
등노래류의 '여성적 말하기' 방식을 중심으로」,『구비문학연구』9, 한국구비문학
회, 1999.
고혜경,「서사민요의 유형 연구: 부부결합형을 중심으로」, 이화여대 석사학위논문,
1983.
_____,「서사민요의 장르적 성격」,『민요론집』4, 민요학회, 1995.
구인환 외 5인, 고등학교『문학 하』, (주)교학사, 2003.
길태숙,「〈밭매기노래〉에서의 죽음에 대한 신화적 해석」, 연세대 박사학위논문, 2002.
_____,「민요에 나타난 여성적 말하기로서의 죽음」,『여성문학연구』9, 한국여성문학
회, 2003.
_____,「민요에 나타난 첩의 위상」,『여성문학연구』13호, 한국여성문학학회, 2005.
김경미 외,『한국의 규방문화』, 도서출판 박이정, 2005.
김기현,「시집살이노래의 구연특성과 그 의미」,『어문론총』26, 경북어문학회, 1992.
김대행,『시가시학연구』, 이화여대출판부, 1991.
_____,『노래와 시의 세계』, 도서출판 역락, 1999.
_____,『웃음으로 눈물닦기』, 서울대학교 출판부, 2005.
김미영,『유교문화와 여성』, 살림출판사, 2004.
김성례,「한국 무속에 나타난 여성 체험: 구술생애사의 서사분석」,『한국여성학』

9, 한국여성학회, 1991.

_____, 「여성의 자기진술의 양식과 문체 발견을 위하여」, 『여자로 말하기 몸으로 글쓰기: 또하나의 문화』 9, 또하나의 문화, 1992.

김성희, 「전통사회 여성의 사적 영역과 공적 영역에서의 노동: 삼국시대부터 조선시대까지」, 『한국가정관리학회지』 20권 6호, 한국가정관리학회, 2002.

김수경, 『노랫말의 힘, 추억과 상투성의 변주』, 책세상, 2005.

김언순, 「조선 여성의 유교화 연구: 예의 기능을 중심으로」, 『교육철학』 35, 교육철학회, 2006.

김영돈, 『제주도 민요연구 상』, 일조각, 1965.

_____, 「제주도의 노동요」, 『한국문화인류학』 8, 한국문화인류학회, 1976.

_____, 「제주도 민요 맷돌·방아노래」, 『국어국문학』 82, 국어국문학회, 1980.

김원식, 『시집살이 민요의 갈등양상과 그 의미』, 경북대 교육대학원 석사학위논문, 1989.

김유희, 『여성 소리꾼의 생애사에 따른 민요의 자기화와 창조적 형상』, 안동대 석사학위논문, 2003.

김종식, 『시집살이요 비교 연구: 제주, 경북, 전남 지방의 민요를 중심으로』, 고려대 교육대학원 석사학위논문, 1994.

김진명, 『굴레 속의 한국여성: 향촌사회의 여성인류학』, 집문당, 1993.

김학성, 「시집살이 노래의 서술구조와 장르적 본질: 동아시아 미학에 기초하여」, 『한국시가연구』 14, 한국시가학회, 2003.

김헌선, 『한국구전민요의 세계』, 집문당, 1996.

_____, 「제주도 〈손 없는 색시〉의 각 편 비교와 여성 심리적 해석」, 『탐라문화』 25, 제주대학교 탐라문화연구소, 2004.

김혜영, 「문학적 체험 형성의 수사적 조건 연구: 알레고리를 중심으로」, 『국어교육연구』 7, 서울대 국어교육연구소, 2000.

김혜정, 「전남지역 흥글소리의 음악적 구조와 의미」, 『한국음악연구』 24, 한국국악학회, 1996.

_____, 『여성민요의 음악적 존재양상과 전승원리』, 한국정신문화연구원 박사학위논문, 2003.

나경수, 「남매혼설화의 신화론적 검토」, 『한국언어문학』 26, 한국언어문학회, 1988.

나승만·고혜경, 『노래를 지키는 사람들』, 문예공론사, 1995.

나승만, 「노래판 산다이에 관한 현지 작업」, 『한국민요학』 4, 한국민요학회, 1996.

류경자, 「무가 〈당금애기〉와 민요 '중노래, 맏딸애기'류의 교섭양상과 변이」, 『한국민요학』 23, 한국민요학회, 2008.

류종목, 「민요의 구연방식과 기능의 상관: 노동요를 중심으로」, 『민요와 민중의 삶』, 한국역사민속학회, 우석출판사, 1994.

_____, 「생산과 전승적 측면에서 본 민요의 현재와 내일」, 『한국민요학』 3, 한국민요학회, 1995.

_____, 「한국민요에 나타난 죽음의식」, 『민요론집』 5, 민요학회, 1997.

_____, 『한국민요의 현상과 본질』, 민속원, 1998.

박경수, 「한국민요의 기능별 분류 체계」, 『한국구비문학대계』 별책부록(III), 한국정신문화연구원, 1992.

_____, 「민요의 서술성과 구성원리: 서사민요의 장르적 성격과 관련하여」, 『한국서술시의 시학』, 태학사, 1998.

_____, 『한국민요의 유형과 성격』, 국학자료원, 1998.

박무영, 「남편의 '잉첩'과 아내의 '적국': 한씨규훈과 자경편의 '첩다루기'가 의미하는 것」, 『문헌과 해석』 18, 태학사, 2002.

박미라, 『노동요에 나타나는 여성의 체험과 자기인식: 남녀노동요의 비교를 통해서』, 이화여대 석사학위논문, 1991.

박상영, 「서사민요 〈맏딸애기노래〉의 구조적 특징과 그 미학」, 『한국시가연구』 27, 한국시가학회, 2009.

박선애, 「한국 민요에 나타난 죽음의식 연구」, 『반교어문연구』 23, 반교어문학회, 2007.

박영원, 『시집살이 민요 연구: 구비문학적 견지에서 본 발생요인 및 형식과 내용을 중심으로』, 고려대 교육대학원 석사학위 논문, 1976.

박인희, 『시집살이민요 연구』, 국민대 석사학위논문, 1995.

박지애, 『시집살이요의 언술방식과 시공간 의식』, 경북대 석사학위논문, 2002.

박창원 외, 『언어와 여성의 사회적 위치』, 태학사, 1999.

박혜숙,「여성의 자기 서사체의 인식」,『여성문학연구』8, 한국여성문학학회, 2002.

_____,「한국여성의 자기서사(1), (2)」,『여성문학연구』8, 한국여성문학학회, 2002.

서대석 외,『한국인의 삶과 구비문학』, 집문당, 2002.

서영숙,『시집살이노래 연구』, 도서출판 박이정, 1996.

_____,『우리민요의 세계』, 도서출판 역락, 2002.

_____,「가족의 변경에 서서 부르는 노래: 〈시집살이노래〉에 나타난 여성과 가족」,
『한국고전여성문학연구』10, 한국고전여성문학회, 2005.

_____,『한국 서사민요의 날실과 씨실: 우리어머니들의 노래』, 도서출판 역락, 2009.

_____,「〈쌍가락지 노래〉의 서사구조와 전승양상」,『어문연구』65, 어문연구학회,
2010.

_____,「서사민요 〈친정부음 노래〉의 서사구조와 향유의식」,『새국어교육』85,
국어교육학회, 2010.

_____,「〈사촌형님 노래〉에 나타난 체험과 정서의 소통」,『한국민요학』33, 한국민요
학회, 2011.

_____,「〈사촌형님 노래〉의 소통 매체적 성격과 교육」,『어문연구』70, 어문연구학회,
2011.

_____,「서사민요 〈이사원네 맏딸애기〉 노래의 전승양상」,『어문연구』67, 어문연구
학회, 2011.

_____,「〈이사원네 맏딸애기〉 노래의 서사적 특징과 현실의식」,『고전여성문학연구』
22, 한국고전여성문학회, 2011.

_____,「시집살이 이야기와 시집살이 노래의 비교: 경험담, 노래, 전승담의 서술방식을
중심으로」,『구비문학연구』32, 한국구비문학회, 2011.

_____,「시집살이에 대한 알레고리: 〈꿩노래〉와 〈방아깨비 노래〉 비교」,『한국민요
학』31, 한국민요학회, 2011.

_____,「〈저승차사가 데리러온 여자 노래〉의 특징과 의미」,『한국고전여성문학연구』
25, 한국고전여성문학회, 2012.

_____,「우리 민요 산책」, 시전문계간지『딩하돌하』22-33 , 딩하돌하문예원, 2012
봄-2014 겨울.

_____,「한·영 발라드에 나타난 '여성의 죽음'에 대한 인식 비교」,『고시가 연구』

31, 한국고시가문학회, 2013.

_____, 「한국 서사민요와 영미 발라드에 나타난 '아내'의 형상 비교」, 『한국민요학』
38, 한국민요학회, 2013.

_____, 「한국 서사민요와 영미 발라드의 수수께끼 노래 비교: 구애의 노래를 중심으로」,
『비교민속학』 52, 비교민속학회, 2013.

_____, 「한국 서사민요와 영미 발라드에 나타난 심리의식 비교: 비극적 사랑 노래를
중심으로」, 『어문연구』 79, 어문연구학회, 2014.

_____, 「〈계모 노래〉에 나타난 계모의 형상과 기능」, 『실천민속학 연구』 27, 실천민속
학회, 2016.

_____, 「〈나라맥이 노래〉의 서사적 짜임과 심리의식」, 『어문연구』 87, 어문연구학회,
2016.

서은아, 「계모설화에 나타난 가족갈등 양상과 해결방식」, 『태릉어문연구』 16, 서울여
대 국어국문학회, 2010.

손앵화, 「〈쌍가락지요〉의 서술구성과 의미지향」, 『우리어문연구』 22, 우리어문학회,
2004.

신연우, 「'손 없는 색시'설화와 여성 의식의 성장」, 『우리어문연구』 18, 우리어문학회,
2002.

양영자, 「제주민요 시집살이노래에 드러난 갈등양상과 현실인식」, 『민요론집』 2,
민요학회, 1993.

양혜승, 『대화체 민요의 존재양상』, 고려대 교육대학원 석사학위논문, 1996.

오출세, 「민요에 나타난 여성: 제주도 부요를 중심으로」, 『새국어교육』 33-34, 한국국어
교육학회, 1981.

이광규, 『한국가족의 구조분석』, 일지사, 1975.

_____, 『한국 가족의 사적 연구』, 일지사, 1977.

_____, 「민요에 비친 시집살이」, 『한국문화인류학』 12, 한국문화인류학회, 1980.

_____, 『한국 가족의 심리 문제』, 일지사, 1981.

이배용 외, 『우리나라 여성들은 어떻게 살았을까』 1, 2, 청년사, 1999.

이순구, 『조선초기 종법의 수용과 여성지위의 변화』, 한국학대학원 박사학위논문,
1995.

_____, 「조선시대 가족제도의 변화와 여성」, 『한국고전여성문학연구』 10, 한국고전여성문학회, 2005.

이용식, 「경상북도 서사민요의 음악적 연구」, 『한국민요학』 11, 한국민요학회, 2002.

이유경, 「민담 〈손없는 색시〉를 통한 여성 심리의 이해」, 『심성연구』 21, 한국분석심리학회, 2006.

이윤경, 「계모형 고소설 연구: 계모설화와의 관련성을 중심으로」, 성신여자대학교 박사학위논문, 2004.

이재경, 『가족의 이름으로: 한국 근대가족과 페미니즘』, 도서출판 또하나의 문화, 2003.

이재영, 「서사민요의 텍스트 구성과 문화적 기억: 〈시집살이노래〉를 대상으로」, 『한국고전연구』 12, 한국고전연구학회, 2005.

이정아, 『서사민요 연구: 양식적 특성을 중심으로』, 이화여대 석사학위논문, 1993.

_____, 「시집살이노래에 관한 일고: 형성배경과 기능을 중심으로」, 『한국고전연구』 11, 한국고전연구학회, 2005.

_____, 『시집살이노래 구연에 나타난 말하기방식과 여성의식에 관한 연구』, 이화여대 박사학위논문, 2006.

_____, 「규방가사와 시집살이노래에 나타난 여성의 자기인식」, 『한국고전연구』 15, 한국고전연구학회, 2007.

이창식, 『한국유희민요 연구』, 동국대 박사학위논문, 1991.

_____, 「여성의 시집살이와 시가문학: 여성가사와 여성민요를 중심으로」, 『한국문학과 여성』, 도서출판 박이정, 1997.

이현수, 『한국부요에 나타난 의식 연구』, 동국대 박사학위논문, 1990.

_____, 「꼬댁각시요 연구」, 『한국언어문학』 33, 한국언어문학회, 1994.

이현정, 『시집살이노래 연구』, 계명대 석사학위논문, 1994.

이현희, 「여말·선초의 여성생활에 관하여−처첩문제를 중심으로」, 『아세아여성연구』 제10집, 숙명여대 아세아여성문제연구소, 1971.

이혜순 외, 『한국고전여성작가 연구』, 태학사, 1999.

이혜순·정하영, 『한국고전여성문학의 세계』, 이화여대 출판부, 1998.

이효재, 『여성해방의 이론과 현실』, 창작과 비평사, 1979.

_____, 「한국 여성 노동사 연구 서설: 조선사회와 여성노동」, 『여성학논집』 2, 이화여
　　대 한국여성연구원, 1985.

임동권, 『한국민요사』, 문창사, 1964.

_____, 『한국민요연구』, 이우출판사, 1975.

_____, 『한국 부요 연구』, 집문당, 1982.

_____, 『여성과 민요』, 집문당, 1982.

임재해, 「여성민요에 나타난 시집살이와 여성 생활의 향방」, 『한국민속학』 21, 민속학
　　회, 1988.

_____, 「민요의 사회적 생산과 수용의 양상」, 『한국의 민속예술』, 문학과 지성사,
　　1988.

_____, 「노래의 생명성과 민요연구의 현장 확장」, 『구비문학연구』 1, 한국구비문학회,
　　1994.

_____, 「구비문학의 연행론, 그 문학적 생산과 수용의 역동성」, 『구비문학연구』
　　7, 한국구비문학회, 1998.

장관진, 『한국민요에 나타난 가족의식 연구』, 동아대 박사학위논문, 1988.

장덕순 외, 『구비문학개설』, 일조각, 1977.

장성진, 「시집살이요의 유형과 인물」, 『여성문제연구』13, 대구카톨릭대 사회과학연구
　　소, 1984.

장정룡, 「다복녀민요와 상실과 극복의 내면구조」, 『강원도민속연구』, 국학자료원,
　　2002.

정규식, 「민요사설에 형상화된 동물에 대한 인식」, 『한국민요학』 24, 한국민요학회,
　　2008.

정동주, 『어머니의 전설』, 이룸, 2002.

정동화, 『한국민요의 연구: 특질과 발달을 중심으로』, 명지대 박사학위 논문, 1980.

_____, 『한국민요의 사적 연구』, 일조각, 1981.

정용대, 『시집살이 민요에 나타난 의식 연구』, 경상대 석사학위논문, 1995.

정종진, 『한국의 속담대사전』, 태학사, 2006.

정지영, 「조선후기 첩과 가족질서: 가부장제와 여성의위계」, 『사회와 역사』 65호,
　　한국사회사학회, 2004.

조규빈, 『시집살이노래의 존재양상과 기능 연구』, 강릉대 석사학위논문, 1998.

조동일, 『서사민요연구』, 증보판, 계명대 출판부, 1979.

_____, 「민요연구의 현황과 문제점」, 『구비문학』 1, 한국정신문화연구원, 1979.

_____, 『구비문학의 세계』, 새문사, 1980.

_____, 『한국문학의 갈래 이론』, 집문당, 1992.

_____, 『동아시아 구비서사시의 양상과 변천』, 문학과 지성사, 1997.

_____, 『한국문학통사』 1-4(제4판), 지식산업사, 2005.

좌혜경, 『한국민요의 사설구조 연구』, 중앙대 박사학위논문, 1992.

_____, 「한국민요의 서술구조론」, 『한국민속학』 25, 민속학회, 1993.

_____, 『민요시학연구』, 국학자료원, 1996.

_____, 「민요의 화자 운용과 시적 효과」, 『한국민요학』 5, 한국민요학회, 1997.

최광진, 「한국동물요의 연구」, 한양대 교육대학원 석사학위논문, 1987.

최재석, 「한국가족제도사」, 『한국문화사대계』 4, 고려대 민족문화연구소, 1970.

_____, 「한국가족연구」, 민중서관, 1977.

최상일, 『우리의 소리를 찾아서 2』, 돌베개, 2002.

최원오, 「서사무가에 나타난 여성의 형상」, 『구비문학과 여성』, 한국구비문학회, 도서출판 박이정, 2000.

최자운, 「다복녀 민요의 유형과 서사민요적 성격」, 『한국민요학』 22, 한국민요학회, 2008.

_____, 「동물노래의 형상화방법과 여성민요적 의의」, 『한국민요학』 29, 한국민요학회, 2010.

최철 편, 『한국민요론』, 집문당, 1986.

최철·설성경 엮음, 『민요의 연구』, 정음사, 1984.

최현재, 「서사민요 '처녀의 저주로 죽는 신랑' 유형에 나타난 양가성 고찰」, 『우리말글』 43, 우리말글학회, 2008.

하현강 외, 『한국여성사』 1, 이화여대 출판부, 1972.

한영국 외, 『가족문화 연구의 성과와 방향』 가족문화에 관한 연찬 발표 요지집, 한국정신문화연구원, 1981.

한국역사민속학회, 『민요와 민중의 삶』, 우석출판사, 1995.

한유진, 「계모설화에 나타난 갈등의 양상」, 『이화어문논집』 30 이화여대 한국어문학연구소, 2012.

한채영, 『구비시가의 구조연구』, 부산대 박사학위논문, 1992.

허남춘, 「서사민요란 장르규정에 대한 이의」, 『고전시가와 가악의 전통』, 도서출판 월인, 1999.